Lynne Graham
Inocencia probada

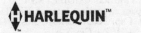

HARLEQUIN™

Editado por HARLEQUIN IBÉRICA, S.A.
Núñez de Balboa, 56
28001 Madrid

I.S.B.N.: 978-84-687-2738-7
Depósito legal: M-10184-2013
Editor responsable: Luis Pugni
Fotomecánica: M.T. Color & Diseño, S.L. Las Rozas (Madrid)
Impresión en Black print CPI (Barcelona)
Fecha impresion para Argentina: 16.12.13
Distribuidor exclusivo para España: LOGISTA
Distribuidor para México: CODIPLYRSA
Distribuidores para Argentina: interior, BERTRAN, S.A.C. Vélez
Sársfield, 1950. Cap. Fed./ Buenos Aires y Gran Buenos Aires,
VACCARO SÁNCHEZ y Cía, S.A.

Capítulo 1

ERA Navidad, otra vez. Vito Barbieri hizo una mueca y pensó que no tenía tiempo para las bobadas, las extravagancias y las payasadas de borrachos típicas de esos días, ya marcados por la falta de concentración, el aumento del absentismo y la reducción de la productividad de sus cientos y cientos de trabajadores. Enero nunca había sido un buen mes para el margen de beneficios.

Además, tenía asociada la Navidad a la muerte de su hermano menor, Olly. Habían pasado tres años, pero no lo olvidaba ni un momento.

Su hermano, tan brillante y prometedor, había muerto por culpa de una fiesta que él mismo había organizado. Una de las invitadas se emborrachó y cometió el error de ponerse al volante de un coche. Desde entonces, su sentimiento de culpabilidad ahogaba hasta los recuerdos más felices de Olly, a quien sacaba diez años de edad y a quien quería más que a sí mismo; especialmente, porque habían discutido unos minutos antes de su muerte.

Pero el amor siempre dolía. Vito lo había aprendido de muy joven, cuando su madre los abandonó a él y a su padre para marcharse con un hombre adinerado. No la volvió a ver. Su padre se desentendió de sus responsabilidades como progenitor y se lanzó a una serie de fugaces aventuras amorosas, una de las cuales terminó con el nacimiento de Olly, que se quedó huérfano a los nueve años por parte materna.

Cuando lo supo, Vito le ofreció un hogar. Y probablemente había sido el único acto de generosidad del que no se había arrepentido. Por mucho que lo echara de menos, aún se alegraba de haberlo tenido a su lado. La entusiasta forma de ser de Olly había mejorado brevemente su vida de obseso por el trabajo.

Sin embargo, ahora estaba condenado a vivir en un castillo que ya no le parecía un hogar. De hecho, nunca habría comprado Bolderwood si a Olly no le hubiera encantado lo que a él le parecía una monstruosidad gótica con torretas. Obviamente, podía buscar esposa y esperar a que lo abandonara y se quedara con el castillo, con sus hijos y con su fortuna, pero la perspectiva no le agradaba en exceso.

Como hombre rico, estaba acostumbrado a que las mujeres avariciosas y dominadas por la ambición se arrastraran a sus pies. No importaba si eran altas o bajas, sinuosas o delgadas, rubias o morenas; todas estaban cortadas por el mismo patrón. Y a sus treinta y un años, Vito estaba tan cansado de experiencias sexuales con ese tipo de mujeres que se había empezado a replantear seriamente lo que consideraba atractivo en una mujer.

Al menos, ya sabía lo que no le gustaba. Le aburrían las descerebradas, las arribistas y las esnobs. Las coquetas que se reían tontamente le recordaban su juventud desperdiciada, y las mujeres de carrera solían estar tan centradas en sí mismas que rara vez eran buenas amigas y buenas amantes. O eso o no podían mantener una relación sin hacer planes a largo plazo sometidos a sus conveniencias.

Cuántas veces le habían preguntado si quería tener hijos, si era fértil, si tenía intención de sentar la cabeza algún día. Y no, Vito no tenía intención. No se quería arriesgar a sufrir una desilusión tan grande, sobre todo, porque la muerte de Olly le había enseñado que la vida podía ser increíblemente frágil. Estaba decidido a seguir solo y a convertirse en un viejo cascarrabias, exigente y muy rico.

–Siento molestarlo, señor Barbieri.

La voz que se oyó era la de Karen Harper, su directora gerente en AeroCarlton, pero Vito tardó unos segundos en reconocerla. Acababa de adquirir la empresa, que se dedicaba a la fabricación de piezas de aviones, y todavía no se había familiarizado con la plantilla.

–Quería asegurarme de que mantiene el apoyo al programa de rehabilitación de presos con el que empezamos a colaborar el año pasado –siguió Karen–. Como quizás recuerde, New Start, la ONG que lo organiza, nos envía aprendices que cuentan con su confianza. Mañana nos llega una mujer que se llama...

–No es necesario que entre en detalles –la interrumpió con suavidad–. No me parece mal que apoyemos ese programa, pero espero que vigile a esa persona.

La atractiva morena sonrió con aprobación.

–Por supuesto, señor. Resulta especialmente agradable en esta época del año, ¿no le parece? Ayudar a una persona y ofrecerle la posibilidad de empezar una nueva vida... Además, solo estará tres meses con nosotros.

Vito la miró con exasperación. No era un hombre particularmente sentimental.

—Espero que no estuviera en la cárcel por cometer un fraude...

—No, dejamos bien claro que no aceptaríamos a personas que hubieran cometido ese tipo de delitos. De hecho, dudo que llegue a conocerla, señor Barbieri. Será la recadera de la oficina. Se encargará de archivar, llevar mensajes y recibir paquetes y correspondencia —afirmó—. En esta época del año, siempre hay trabajo para dos manos más.

Durante un momento, Vito sintió lástima por la recadera. Ya se había dado cuenta de que Karen Harper era demasiado dura con sus subordinados. El día anterior, había estado a punto de humillar al conserje de la empresa por un incumplimiento irrelevante de sus obligaciones. La directora gerente de AeroCarlton disfrutaba de su poder y lo usaba. Pero supuso que una expresidiaria sabría defenderse.

Ava abrió el buzón de correos, pero estaba vacío. Siempre estaba vacío. Quizás había llegado el momento de asumir que sus familiares hacían caso omiso de sus cartas porque no querían saber nada de ella.

Parpadeó varias veces, para evitar que sus ojos azules se llenaran de lágrimas. La cárcel le había enseñado a valerse por sí misma, y estaba segura de que sabría salir adelante en el mundo exterior, aunque el mundo exterior fuera un lugar tan lleno de posibilidades que se sentía completamente apabullada.

–No intentes correr antes de aprender a andar –le había dicho Sally, la asistente encargada de su libertad condicional.

Al recordarlo, se dijo que a Sally le encantaban las perogrulladas. Y, justo entonces, Harvey empezó a mover la cola con alegría.

–Es hora de llevarte a casa, chico...

Ava acarició al chucho e intentó no pensar en el futuro que le esperaba. Durante los últimos meses de su condena, había trabajado en un refugio de animales asociado al programa de rehabilitación del sistema penitenciario, y sabía que se le acababa el tiempo. Marge, la encantadora mujer que llevaba el refugio, tenía poco presupuesto y poco espacio. Simplemente, no se podía hacer cargo de él.

Además, Harvey era su peor enemigo. Cada vez que aparecía una persona dispuesta a adoptarlo, se ponía tan contento que ladraba y la asustaba. Nunca tenía la oportunidad de demostrar que era un perro leal, limpio y obediente.

Ava lo quería con toda su alma y, en cierto modo, le recordaba a sí misma. Ella también sabía lo que implicaba ser una cosa y parecer otra. Siempre se había empeñado en esconderse tras una fachada de seguridad, creyendo que no necesitaba ni el cariño ni las opiniones de nadie. Y siempre se había sentido sola. En casa, en el colegio, en todas partes y con todo el mundo.

Con todos, menos con Olly.

Al pensar en él, se le hizo un nudo en la garganta.

Había ido a prisión por matar a su mejor amigo, pero ni siquiera recordaba el accidente en el que Oliver Barbieri había perdido la vida. El golpe que se había dado en la cabeza le había causado una amnesia permanente que algunas veces le parecía una bendición y, otras, la peor de las maldiciones. Solo sabía que ningún tribunal le podría haber impuesto un castigo mayor que el que ella misma se había infligido.

Había conocido a Olly en el internado, un instituto mixto de tarifas tan altas como su fama académica. Ningún precio le habría parecido demasiado alto a su padre, que estaba loco por perderla de vista. De hecho, Ava había sido la primera y única de sus hijas a la que había enviado a estudiar lejos de casa, lo cual la había enemistado con Gina y Bella, que se sintieron discriminadas. Y ahora, su familia no quería saber nada de la hija pródiga.

Además, su madre había fallecido y ya no quedaba nadie dispuesto a tender puentes entre ellos. Sus hermanas eran mujeres con carrera, maridos e hijos, personas para las que una expresidiaria suponía una vergüenza que manchaba el buen nombre y la reputación de la familia Fitzgerald.

Ava sacudió la cabeza e intentó concentrarse en los aspectos positivos de su nueva vida. Había salido de prisión y había conseguido un empleo. Cuando se apuntó al programa de New Start, no albergaba esperanzas de conseguir un trabajo; tenía un buen expediente académico, pero carecía de experiencia laboral. Sin embargo, AeroCarlton le había ofrecido la oportunidad de empezar de nuevo y labrarse un futuro.

Harvey dejó de mover la cola en cuanto llegaron al refugio de animales. Marge lo sacó al jardín porque era demasiado grande para la oficina, pero el perro se quedó pegado al cristal de la puerta, vigilando los movimientos de Ava.

—Anda, reparte esto cuando empieces a trabajar... —Marge le dio unos folletos del refugio—. Quizás consigamos más personas dispuestas a adoptar un animal abandonado.

Ava miró los folletos con interés. En su empeño por conseguir ingresos para mantener el refugio, Marge había organizado una pequeña industria con unas cuantas damas de la zona, que se dedicaban a hacer cojines, jerséis, gorros, bufandas y otros productos, siempre decorados con figuras de perros y gatos. Era una buena idea, pero Ava pensó que los diseños eran demasiado anticuados como para llamar la atención de clientes jóvenes.

—Imagino que has venido andando para que Harvey pudiera dar un paseo —continuó Marge—, pero ¿tienes para el autobús?

Ava no quería que Marge le diera dinero, así que mintió.

—Por supuesto que sí.

—¿Y tienes ropa decente para mañana? No puedes presentarte en tu nuevo trabajo sin estar elegante.

—Conseguí un traje en una organización benéfica.

Ava prefirió no decir que los pantalones le quedaban un poco ajustados y que la chaqueta era demasiado estrecha para sus generosos senos, de modo que no se la podía abrochar. Tenía intención de combinarlo con una camisa azul, con la esperanza de que su aspecto resultara lo suficientemente atractivo y profesional como para que nadie reparara en los zapatos, que le estaban grandes.

De todas formas, no era un problema que le preocupara en exceso. Ahora debía concentrar sus energías en algo incluso más importante que pagar el alquiler del piso, comer y vestirse; tenía que acostumbrarse a su libertad recién conquistada.

Además, ya no era la joven atrevida y rebelde que adoraba la estética gótica y llevaba el pelo tan corto como el de un chico. Aquella joven había muerto en el accidente de Olly, y había dado paso a una mujer cauta y sensata en la que apenas se reconocía. La cárcel la había obligado a pasar desapercibida. La cárcel no era un buen lugar para llamar la atención. La cárcel le había enseñado a obedecer las órdenes, a callar y a ir por el mundo con la cabeza baja.

Pero también había aprendido cosas buenas. Ava, que había crecido en una familia adinerada, se encontró de repente en un lugar lleno de mujeres que ni siquiera habían tenido la oportunidad de aprender a leer y a escribir, mujeres que delinquían porque no tenían otra forma de salir adelante. Y ayudándolas a ellas, se ayudó a sí misma.

Ya no le importaba tanto que su padre no la quisiera o que su madre, una alcohólica, no le hubiera dado nunca un abrazo; a decir verdad, ya ni siquiera le importaba que la hubieran internado de niña en un colegio donde algunas de sus compañeras abusaban de ella. Había aprendido a vivir con sus virtudes y sus defectos y a sobrellevar el dolor de haber causado la muerte a la única persona que quería de verdad.

Al recordarlo, pensó que Olly habría sido el primero en decirle que dejara de torturarse. Siempre había sido maravillosamente práctico en ese sentido. Desechaba lo irrelevante e iba a la raíz de los problemas.

–No es culpa tuya que tu madre beba –le dijo en cierta ocasión–. No es culpa tuya que el matrimonio de tus padres sea un desastre ni que tus hermanas sean dos niñas mimadas... ¿Por qué tienes la manía de cargar con culpas que no te corresponden?

Tras despedirse de Marge, Ava volvió a casa y preparó la ropa para el día siguiente. Los empleados de New Start le habían asegurado que su historial era confidencial, así que no tenía miedo de que sus compañeros de trabajo la juzgaran por lo que había hecho. Con un poco de suerte, podría demostrar que había aprendido de sus errores y que ya no era la chica desesperada y derrotada que había llegado a la cárcel.

–Puedes preparar café para la reunión. Serán alrededor de veinte personas –dijo Karen Harper con una sonrisa acerada–. Porque sabes preparar café, ¿verdad?

Ava asintió con vigor y se dirigió a la pequeña cocina de la empresa. Estaba dispuesta a hacer cualquier cosa por agradar, aunque ya había notado que la señorita Harper era una mujer dura y que no le iba a facilitar las cosas.

A las once menos cuarto, Ava empujó el carrito de los cafés hasta la sala de juntas, donde un hombre increíblemente alto se estaba dirigiendo a los ejecutivos de la empresa. El ambiente estaba cargado de tensión. Hablaba sobre los cambios que pensaba hacer en AeroCarlton, pero Ava no se fijó tanto en su discurso como en su acento italiano, que le resultó inmediata y terriblemente familiar.

Con manos temblorosas, le sirvió el café solo y con dos cucharillas de azúcar que Karen le había indicado. No podía creer que fuera Vito. No podía ser Vito. Le parecía imposible que el destino se estuviera burlando de ella hasta el punto de ofrecerle un empleo en una empresa dirigida por el hombre que más había sufrido por su culpa. Pero era él. No había olvidado esa voz profunda que siempre le había causado vértigo.

Se puso tan nerviosa que, mientras le llevaba el café, se le salieron los zapatos y llegó a la mesa descalza. Vito se giró y admiró su cabello rojo, recogido en un moño; su perfil delicado, la elegancia de sus manos y la larga extensión de sus piernas, embutidas en unos pantalones estrechos. Tuvo la sensación de que la había visto antes, pero no la reconoció hasta que la miró a los ojos, que eran de color azul pensamiento.

No lo podía creer. No podía ser ella. La última vez que la había visto llevaba el pelo corto y tenía la mirada perdida, como si no viera nada de lo que ocurría a su alrededor.

La tensión de Vito Barbieri fue tan obvia que despejó cualquier duda que Ava pudiera albergar sobre su identidad. Pero, a pesar de ello, sus ojos dorados se mantuvieron perfectamente inexpresivos cuando le dejó el café en la mesa.

–Gracias –dijo.

Karen Harper decidió aprovechar la ocasión para presentar a Ava.

–Señor Barbieri, le presento a Ava Fitzgerald. Hoy empieza a trabajar con nosotros.

–Sí, ya nos conocemos –declaró Vito con frialdad–. Vuelve cuando termine la reunión, Ava. Me gustaría hablar contigo.

Ava consiguió volver sobre sus pasos, ponerse los zapatos sin que se dieran cuenta y alcanzar el carrito. Le sudaban las manos y casi no podía respirar, pero gracias a la disciplina que había adquirido en la cárcel, pudo preparar y servir el resto de los cafés sin derramar ninguno.

Vito Barbieri. ¿Cómo era posible que estuviera en AeroCarlton? Ava había estudiado a fondo el sitio web de la empresa y le constaba que su nombre no aparecía en ninguna parte, pero era evidente que la dirigía; tan evidente como que sus días allí estaban contados. Cuando terminara la reunión y volviera a la sala de juntas, la despediría. ¿Qué otra cosa podía hacer? A fin de cuentas, era culpable de la muerte de Olly.

Vito Barbieri. La misma persona de la que se había encaprichado a los dieciséis años; el hombre por el que se había hecho un tatuaje en la cadera, que ahora le quemaba como un hierro al rojo. Por entonces, ella era una adolescente impulsiva que no salía con ningún chico porque ninguno de los que conocía le parecían interesantes. Sin embargo, eso cambió durante un fin de semana en el castillo de Olly.

Seguro, carismático y diez años mayor que ella, Vito no pareció reparar en su presencia ni mucho menos en que estaba loca por llamar su atención, y Ava, que jamás se había alojado en un castillo, tuvo que hacer verdaderos esfuerzos para mostrarse natural en su presencia y en un lugar tan impresionante.

–¿Ava?

Ava se dio la vuelta y vio que Karen Harper la observaba con interés.

–¿Sí?

–No habías mencionado que conocieras al señor Barbieri.

–Mi padre trabajaba para él. Vivíamos cerca de su casa.

La morena apretó los labios.

–Bueno, no esperes que eso te sea de ayuda –le advirtió–. El señor Barbieri te está esperando en la sala de juntas. Retira las tazas mientras hablas con él.

Ava asintió.

–Yo... ni siquiera sabía que trabajara aquí.

–No me extraña. El señor Barbieri adquirió AeroCarlton la semana pasada –le explicó–. Ahora es tu jefe.

–Sí, claro.

Ava sonrió con debilidad y se dirigió a la sala de juntas, intentando acostumbrarse a la perspectiva de enfrentarse con un hombre que probablemente habría hecho cualquier cosa con tal de que siguiera en la cárcel.

Vito se había levantado y estaba apoyado en el borde de la mesa, hablando por teléfono. Nerviosa como un gato delante de un león, Ava aprovechó la oportunidad para retirar las tazas de café y llevarlas al carrito, pero su imagen se le había quedado grabada en la mente: alto, de hombros anchos, con un traje que le quedaba como un guante y una camisa blanca que enfatizaba el moreno de su piel. Todo en él era bello; desde sus pómulos altos hasta su nariz recta, pasando por una boca sorprendentemente sensual.

No había cambiado. Aún rezumaba una energía y un aire de autoridad abrumadores. Era el hermano mayor de Olly. Y, si hubiera hecho caso a las advertencias de Olly, él habría seguido con vida.

–¡Deja de coquetear con Vito! –le aconsejó vehementemente durante la fiesta de aquella noche fatal–. Eres demasiado joven y demasiado inexperta para él. Y aunque no lo fueras, Vito te comería para desayunar... es un depredador con las mujeres.

En aquella época, Vito era delgado, rubio, elegante y refinado; todo lo que Ava no era. Y le pareció tan fuera de su alcance, tan por encima de ella, que le partió el corazón.

Obsesionada con él, atesoró hasta los detalles más pequeños de su vida. Sabía que tomaba el café con azúcar y que le gustaba el chocolate. Sabía que apoyaba causas solidarias en los países en vías de desarrollo. Sabía que su infancia había sido difícil, que su madre los había abandonado y que su padre bebía en exceso. Sabía que coleccionaba coches y que adoraba la velocidad. Incluso sabía que odiaba ir al dentista.

−¿Ava?

Ava se giró hacia Vito, que acababa de colgar el teléfono.

−¿Sí?

−Hablaremos en mi despacho. −Vito se apartó de la mesa y abrió una puerta−. ¡Y deja el maldito carrito en paz!

Ella se ruborizó, incómoda, y apartó la mano del carrito. Vito entrecerró los ojos y la observó, descendiendo desde sus ojos azules hasta su boca, que le pareció tan sensual como en los viejos tiempos. Tuvo que respirar hondo para refrenarse y no dejarse llevar por unas emociones que creía haber superado.

Ava siempre había sido la tentación personificada, pero también la fruta prohibida que no debía probar en ningún caso. Y él, que se preciaba de saber controlarse y de respetar las normas, las rompió y la probó.

Solo fue un beso. En principio, nada importante. Salvo por el hecho de que terminó destruyendo a su familia.

Ava pasó ante él con inseguridad, aunque mantuvo la cabeza bien alta, negándose a mostrarse débil o preocupada. Además, conocía bien a Vito. Era un hombre duro e implacable en los negocios, capaz de asumir riesgos y de plantar cara a la adversidad, pero jamás había sido el hombre brutal y conservador que parecía.

No había olvidado que apoyó totalmente a Olly

cuando le confesó que era homosexual. Y tampoco había olvidado la risa y el inmenso alivio de Olly al saber que Vito lo aceptaba sin reservas.

Ava entró en el despacho, angustiada. Habría dado cualquier cosa por volver a oír la risa de su difunto amigo.

Capítulo 2

AVA sacudió la cabeza y echó un vistazo a su alrededor. El despacho era una superficie enorme de tarima, con una mesa de trabajo y una zona de descanso. Todo estaba perfectamente ordenado y tan perfectamente vacío que en la mesa solo había un ordenador portátil y un fajo de documentos.

–Me he llevado una sorpresa al verte –admitió Vito.

–Yo podría decir lo mismo. No sabía que fueras el dueño de la empresa.

Ava lo acarició con la mirada, absorbiendo los duros ángulos de sus pómulos, la obstinación de su barbilla y el dorado de sus ojos, enmarcados en unas pestañas largas y negras. La boca se le quedó seca al instante.

–¿Qué estás haciendo aquí? Di por sentado que volverías a la Facultad de Medicina cuando salieras de la cárcel.

Ella se puso tensa.

–No, yo...

Vito frunció el ceño.

–¿Por qué no? Ya imagino que la universidad no te ha guardado la plaza durante tu estancia en prisión, pero eras una alumna brillante y estoy seguro de que te aceptarían otra vez.

Ava tardó unos segundos en contestar. Aún recordaba lo contentos que se habían puesto Olly y ella cuando los dos recibieron ofertas de la misma universidad para estudiar Medicina.

–Eso es cosa del pasado. No quiero volver atrás –dijo–. Estoy aquí porque necesito un trabajo, una forma de ganarme la vida.

Él arqueó una ceja.

–¿Y tu familia?

–No quieren saber nada de mí. No he tenido noticias de ellos desde que me condenaron.

–Veo que se lo tomaron mal...

–Supongo que no pueden perdonarme.

–¿Que no pueden? La gente perdona cosas mucho peores –afirmó él–. Además, solo eras una adolescente cuando pasó.

Ava apretó los puños.

–¿Es que tú me has perdonado?

Vito se quedó inmóvil y sus ojos dorados se clavaron en ella como los de un depredador.

–No, yo tampoco puedo perdonarte –admitió, tenso–. Olly no era solo mi hermano, también era la única familia que tenía.

–Y un hombre absolutamente irreemplazable... Pero ¿qué vamos a hacer? –preguntó ella, ansiosa por cambiar de conversación–. Es obvio que no querrás que trabaje contigo. Aunque sea un empleo temporal.

–En efecto.

Vito se alejó de ella y se puso detrás de la mesa.

Ava estaba sola, luchando por sobrevivir. Su familia le había dado la espalda y necesitaba el empleo de AeroCarlton para empezar una nueva vida, pero no la quería a su lado. Olly había muerto por su culpa. No podía esperar que la ayudara.

Sin embargo, sabía que Olly se habría opuesto a que la castigara por su muerte, así que intentó encontrar un poco de compasión en su corazón. Y solo encontró el vacío que le había dejado la pérdida de su hermano.

–¿Quieres que me vaya?

Vito no quiso mirarla a los ojos porque Ava había conseguido que se sintiera como si fuera una especie de matón. Clavó la mirada en la mesa y, al ver la lista de Navidad, encontró la solución que necesitaba.

Era perfecta. La mantendría lejos de la oficina y ella no lo interpretaría como un castigo porque siempre le habían gustado las Navidades.

–No, de momento, te puedes quedar... De hecho, quiero encargarte una cosa.

Ava, que estaba convencida de que su despido era inminente, se llevó tal sorpresa que avanzó hacia él con demasiada energía y los zapatos se le volvieron a salir.

–¿De qué se trata? –preguntó, ansiosa.

–¿Qué te pasa con los zapatos?

–Que me están demasiado grandes.

–¿Por qué?

Ava se ruborizó.

–Todo lo que llevo puesto es de una organización benéfica.

Vito la miró con desconcierto y ella se sintió obligada a darle una explicación.

–Tenía dieciocho años cuando me metieron en la cárcel –le recordó–. No podía venir a la oficina con mi ropa de entonces... está demasiado vieja.

Vito sacó la cartera, la abrió y le ofreció un fajo de billetes.

–Cómprate unos zapatos nuevos –le ordenó.

–No puedo aceptar tu dinero, Vito.

–¿Es que vas a rechazar tu sueldo?

–No, pero eso es distinto. No es personal.

–Esto tampoco es personal. No quiero que denuncies a la empresa si te caes con esos zapatos mientras trabajas para nosotros. Además, no me servirás de nada si ni siquiera puedes andar bien... supongo que tendrás que andar bastante.

–¿Andar? ¿De qué se trata?

Él se inclinó sobre la mesa para darle la lista y los billetes. Era un hombre alto, por encima del metro ochenta, y le sacaba algo más de diez centímetros. Sin embargo, eso no la intimidó tanto como el aroma de su colonia y la tensión de los músculos de su pecho, cuyo contacto duro y cálido recordaba a la perfección.

–Es una lista con los nombres de las personas a las que tenemos que hacer regalos de Navidad –explicó–. Karen te dará una tarjeta de crédito de la empresa. Solo tienes que atenerte a sus instrucciones.

Vito se preguntó qué había en aquella mujer que le gustaba tanto. Ava no parecía ser consciente de su inmenso atractivo sexual, pero él era más que consciente de lo mucho que le atraían su boca, la curva de sus grandes pechos y sus piernas embutidas en un pantalón demasiado ajustado.

La deseaba. Hasta el punto de que, en ese momento, se sintió terriblemente frustrado por no poder tenerla.

–¿Me estás pidiendo que vaya de compras?

–Exactamente.

Ava parecía desconcertada.

–Pero nunca he sido de ese tipo de mujeres... ir de compras no es lo mío.

Vito le dedicó una mirada cargada de ironía.

–Si quieres mantener tu empleo, harás lo que te digan.

Ava se ruborizó de nuevo y se mordió el labio inferior mientras intentaba tragarse el orgullo. La seguridad y el carácter dominante de Vito siempre le habían sacado de quicio, pero la cárcel le había enseñado a respetar las órdenes y ser paciente.

–No hagas eso con la boca. Y no me mires así –continuó él.

–¿Cómo? ¿De qué me estás hablando? –preguntó, sinceramente sorprendida.

Él la miró fijamente.

–Lo sabes de sobra. No te hagas la seductora conmigo. Ya he pasado por ahí.

Ava no lo pudo evitar. El comentario de Vito le pareció tan injusto y tan insolente a la vez que se puso furiosa.

–Seré muy clara contigo, Vito. Ya no soy la adolescente estúpida y enamoradiza a la que hacías rabiar. Soy más inteligente de lo que era. He aprendido la lección. Y en cuanto a ti... bueno, sigues sin asumir las responsabilidades de tus actos.

–¿Qué significa eso?

–Que yo no soy una especie de mujer fatal a la que ningún hombre se puede resistir. La responsabilidad de lo que pasó aquella noche no fue enteramente mía. Viniste a mí y me besaste porque querías besarme, no porque yo te sedujera –declaró con ojos llenos de rabia–. Deberías asumirlo de una vez.

A Vito le faltó poco para dejarse dominar por la indignación. Ya había asumido su parte de responsabilidad en el asunto, pero eso no cambiaba el hecho de que ella había estado usando su cuerpo como un arma, despertando y avivando deliberadamente su deseo.

–No tengo intención de discutir el pasado contigo. Ve a comprarte los zapatos y empieza a trabajar con la lista.

Ava estuvo a punto de desobedecer la orden. Hasta la última fibra de su cuerpo ansiaba plantar batalla. Quería defenderse de unas acusaciones a las que no había podido contestar en su momento porque Olly los interrumpió. Pero, como ella misma le había recordado, ya no era una adolescente incapaz de controlar sus emociones; así que respiró hondo, le dedicó una mirada que habría asustado a cualquier otro hombre y se dirigió a la puerta.

–Sí, ya veo que has madurado –dijo él, ansioso por decir la última palabra.

Ella apretó los puños y los labios. En el fondo de su corazón, ardía en deseos de acercarse a él, agarrarlo por los brazos y sacudirlo. Desgraciadamente, también ardía en deseos de besarlo. Y cuando se dio cuenta, fue como si le hubieran arrojado un cubo de agua fría.

Intentó convencerse de que su deseo era una consecuencia lógica de haber pasado tres años en una cárcel de mujeres, obligada a reprimir su instinto sexual. Desde ese punto de vista, no le podía sorprender que la exposición a un hombre tan atractivo, del que además había estado encaprichada, la dejara en una posición vulnerable.

Mientras salía del despacho, se recordó que su espectacular carcasa ocultaba el cerebro de un ordenador sin emociones. Hasta en su adolescencia había sabido que Olly era su único talón de Aquiles, la única grieta en su armadura emocional. A Vito Barbieri solo le importaban el dinero y el éxito. Mantenía a la gente a distancia y raramente permitía que alguien accediera a su círculo más íntimo o a su vida privada.

Karen Harper estaba colgando el teléfono cuando fue a verla. Su expresión era la de una gata frente un cuenco de leche.

—Así que tengo que darte una tarjeta de crédito... —dijo con frialdad.

Ava asintió y le enseñó la lista, que la morena miró por encima.

—Debes saber que comprobaré tus compras —le advirtió—. No te salgas del presupuesto. Y, si es posible, ahorra.

—Muy bien.

—Es evidente que el señor Barbieri te ha concedido esa tarea porque conoce a tu familia, pero ir de compras no es trabajar —declaró con recriminación.

–Me limito a hacer lo que me ordenan.

Ava se dio la vuelta y salió del despacho de Karen, contenta de alejarse de aquella mujer durante unos días.

Al llegar a su mesa, pensó que seguramente era la persona más adecuada para ahorrar dinero en las compras. Aunque su familia tenía dinero, le daban tan poco que, cuando estuvo en la universidad, tuvo que buscarse varios empleos temporales para sobrevivir.

Se sentó, estudió la lista y sacó los folletos de Marge, pensando que sus productos podían ser perfectos para la ocasión; eran baratos y, además, servían a una buena causa. Luego, encendió el ordenador y se dedicó a investigar los nombres de la lista y a apuntar sus posibles preferencias en materia de regalos.

Cuando terminó, sacó una fotografía de Harvey y la clavó en el tablón de la empresa. Marge le había dicho que podía estar dos semanas más en el refugio, pero Ava no se hacía ilusiones con la posibilidad de que lo adoptaran; aunque era un perro encantador, no encajaba con la imagen suave y bonita que buscaba la mayoría de la gente.

Sacudió la cabeza y se dijo que había sido muy irresponsable al encariñarse con un animal que no podía tener.

Salió de AeroCarlton y fue directamente a una zapatería porque ya no soportaba el calzado que llevaba puesto. Su primer día de trabajo estaba siendo desconcertante. Jamás habría imaginado que terminaría trabajando para Vito Barbieri. Y aunque no quería pensar en lo que había pasado entre ellos, su mente volvió una y otra vez a aquellos días.

Todos los años, Vito organizaba una fiesta de Navidad para los empleados y clientes de la empresa inmobiliaria que tenía en aquella época. El año del accidente, Ava estaba tan obsesionada con él que no quería ir a la fiesta con nadie más.

–Lo tuyo es una obsesión malsana –le había dicho Olly–. No puedes tener a Vito. No le gustan las adolescentes. A sus ojos, no eres más que una niña.

–Cumpliré diecinueve en abril. Y soy muy madura para mi edad –protestó.

–¿Ah, sí? –dijo Olly con sarcasmo–. Si fueras tan madura como dices, no te habrías hecho ese tatuaje en la cadera.

Ava pensó que Olly tenía razón. El tatuaje era el resultado de una borrachera con un grupo de amigos de la universidad. E incluso entonces, supo que se arrepentiría amargamente cuando encontrara el valor necesario para perder la virginidad y su primer amante lo viera.

Los pensamientos de Ava regresaron a la fiesta que terminó con la muerte de su amigo. Por una vez, se puso un vestido de fiesta y abandonó su indumentaria de costumbre; era consciente de que Vito adoraba sus faldas de cuero y sus botas militares, pero quiso vestirse de forma especial porque sabía que en esos momentos estaba libre y que no aparecería en la fiesta con una de las bellezas espectaculares que normalmente lo acompañaban.

Además, ya sabía que Vito se sentía atraído por

ella. Había necesitado dos años para llegar a la conclusión de que le gustaba, aunque hacía verdaderos esfuerzos por refrenarse y disimularlo. Nunca le había dedicado una palabra subida de tono, pero se la comía con los ojos cuando creía que ella no se daba cuenta. Y aunque Olly le había advertido reiteradamente que no tenía ninguna posibilidad, Ava estaba segura de que, al final, caería en sus garras.

Al recordar la arrogancia de la adolescente que había sido, se preguntó cómo se podía haber engañado hasta el punto de creer que Vito saldría con ella. Al fin y al cabo, era la mejor amiga de su hermano; una jovencita sin experiencia que, para empeorarlo todo, no dejaba de ser la hija de un empleado de su empresa, que casualmente vivía a poca distancia del castillo de Bolderwood.

Por desgracia, estaba tan obsesionada que su sentido común desaparecía cuando se encontraba cerca de él.

Toda su familia asistió a la fiesta. Ava llevó un vestido plateado que su hermana Gina iba a tirar y que ella se quedó porque, por algún motivo, los Fitzgerald nunca tenían dinero para comprarle ropa. Era un vestido sencillo, que había recortado para que resultara más provocador y elegante a la vez.

Nerviosa ante la perspectiva de acercarse al hombre de sus sueños, decidió tomarse un par de copas, algo que no solía hacer, porque siempre había tenido miedo de heredar la debilidad de su madre, Gemma. Ni siquiera se acordaba de cuándo había notado que su madre no era como las demás. Frecuentemente, al volver del colegio, la encontraba en la cama. Y cuando no estaba durmiendo, estaba discutiendo con su padre.

Más de una vez, al pensar en su triste infancia, atrapada entre unos padres que no se querían y que eran cualquier cosa menos afectuosos con ella, se había preguntado si su nacimiento no habría sido un accidente indeseado para los dos. Pero eso no impidió que llorara la muerte de Gemma Fitzgerald cuando le dieron la noticia en la cárcel.

Por fin, se armó de valor y decidió acercarse a Vito, una decisión de la que más tarde se arrepentiría. Sabía que había entrado en la biblioteca, donde lo encontró junto al fuego y con una copa en la mano. Alto, atractivo y terriblemente carismático, no le quitó la vista de encima en ningún momento.

–¿Qué quieres? –preguntó al verla.

Ava no pudo ser más directa con él. Estaba cansada de limitarse a coquetear en la distancia mientras él la miraba con deseo.

–Te quiero a ti.

Vito le dedicó una mirada irónica.

–No estás a la altura... Ve a buscar a algún jovencito de tu edad con quien puedas practicar tus artes de seducción.

Las palabras de Vito hirieron el orgullo de Ava, pero estaba decidida a que reconociera lo que sentía por ella.

–Tú también me deseas. ¿Crees que no lo he notado?

Vito sacudió la cabeza.

–Deberías marcharte a casa y dormir la mona. Mañana por la mañana, cuando te levantes, te sen-

tirás avergonzada de haber mantenido esta conversación conmigo.

Ava sonrió.

–Yo no me avergüenzo con tanta facilidad –dijo–.
Ya soy mayor de edad, Vito, soy una mujer adulta.

–Puede que lo seas físicamente, pero psicológi-
camente no lo eres –Vito se acercó a Ava, cuyo corazón se aceleró–. Márchate... esto es una tontería.

–Te equivocas. Soy mucho más inteligente y divertida que las mujeres con las que te sueles divertir
–afirmó, desafiante.

Vito se detuvo ante ella.

–Ni estoy buscando diversión ni tú me puedes
dar lo que necesito. Deja de ponerte en ridículo,
Ava. Tu interpretación de mujer seductora es tan
mala que me quitaría las ganas de ti si las tuviera.

Ava se ruborizó, pero el desprecio de Vito surtió
el efecto contrario al que deseaba. Lejos de asus-
tarla, la enrabietó tanto que le pasó los brazos alrededor del cuello y clavó la vista en sus ojos dorados.

–Mientes, Vito. ¿Por qué no eres sincero por una
vez?

Antes de que él pudiera reaccionar, ella se puso
de puntillas y lo besó en la boca con toda su pasión.
Los músculos del duro y delgado cuerpo de Vito se
tensaron al instante. Un segundo después, su lengua
accedió a la boca de Ava y le causó una descarga
de placer tan intensa que perdió el escaso control
que le quedaba.

Estaba tan concentrada en el deseo que perdió el

sentido de la realidad. Hasta que alguien entró en la biblioteca y cerró la puerta de golpe.

–¿Qué estás haciendo, Vito? ¡Suéltala! –exclamó Olly.

La súbita aparición de Olly rompió el hechizo en el que el propio Vito había caído. Se apartó de ella, la miró con desprecio y dijo:

–No sabes aceptar una negativa, ¿verdad? Eres una maldita manipuladora.

–Yo no soy...

Olly se acercó a ella y la tomó del brazo.

–Es hora de volver a casa, Ava. Te llevaré yo mismo.

Ava se giró hacia Vito. Se sentía profundamente humillada.

–¿Cómo te atreves a llamarme manipuladora?

Mientras Olly la sacaba de la biblioteca, Ava comprendió que quizás había cometido un error terrible con Vito Barbieri. Hasta entonces, no se le había ocurrido que un hombre podía sentirse atraído por una mujer y no tener la menor intención de hacer nada al respecto. Era como la gente que admiraba un cuadro en un museo sin sentir la menor necesidad de comprarlo y llevárselo a casa.

Su sentimiento de humillación y sus lágrimas cuando Olly y ella bajaron la escalinata del castillo eran lo último que recordaba de aquella noche. Horas más tarde, se despertó en un hospital, aquejada de una amnesia que desapareció poco a poco, con el transcurso de los días. Pero jamás llegó a recordar ni lo sucedido durante el trayecto en coche ni el accidente que costó la vida a su mejor amigo.

Durante el juicio, su abogado apeló a su amnesia para establecer una duda razonable que la librara de la cárcel. Sin embargo, su ignorancia no la protegió de una pregunta tan dolorosa para ella como determinante al final, una pregunta para la que no tenía respuesta: ¿por qué se había puesto al volante estando borracha?

El hecho de que Olly se lo hubiera permitido solo añadía desconcierto al dolor. Nadie entendía que la hubiera dejado conducir en esas circunstancias, especialmente, cuando el coche era suyo y él estaba sobrio.

Deprimida por los recuerdos de aquella noche, Ava volvió a mirar la lista de Vito y decidió concentrarse en el trabajo. A fin de cuentas, revivir el pasado no servía para cambiarlo. Había cometido un error de consecuencias trágicas y tendría que aprender a vivir con ello.

Capítulo 3

KAREN Harper dejó un cojín sobre la mesa de Vito Barbieri. Era de lana y le habían bordado un perrito.

–¡Esto es inadmisible! –exclamó la mujer–. ¡Ava ha comprado regalos ridículos! Deberíamos obligarla a devolver el dinero y encargar la tarea a otra persona.

Vito la miró con exasperación. Estaba muy ocupado y no tenía tiempo para asuntos irrelevantes, pero descolgó el teléfono y dijo a su secretaria:

–Por favor, dile a la señorita Ava Fitzgerald que venga a mi despacho.

Ava estaba en el cuarto de baño cuando apareció la secretaria de Vito, una rubia de treinta y tantos años. Aún se sentía avergonzada por la escena que Karen Harper le había montado unos minutos antes, delante de todo el mundo. Se había tenido que morder la lengua para no responder de mala manera cuando la directora gerente vio lo que había comprado y la acusó de ser una idiota.

–El señor Barbieri quiere hablar contigo.

Ava salió del cuarto de baño y se dirigió al despacho de su jefe. Había pasado un día entero desde su último encuentro y, si hubiera dependido de ella, habría pasado un siglo hasta el siguiente. No le agradaba la idea de volver a ver a un hombre que la despreciaba y que no desperdiciaba la ocasión de humillarla, sobre todo, porque era el hombre del que había estado enamorada.

Vito, que llevaba un traje de color gris y estaba devastadoramente elegante, señaló el cojín de la mesa y preguntó:

—¿Qué es esto, Ava?

—Un regalo para Matt Aiken y su esposa. Los investigué y descubrí que crían perros labradores con los que participan en concursos. Me pareció que les gustaría.

—¿Y qué dices de ese espantoso jarrón que has comprado? –intervino Karen.

—Procede de una organización de Bombay que ayuda a las viudas sin recursos... Ruhina Dutta está muy preocupada por los derechos de las minorías en la India. Pensé que ese regalo le gustaría bastante más que un perfume –respondió Ava, sin dejarse intimidar.

—Ya, claro... ¿Y la cadena de Tiffany's? –insistió Karen–. Es tan ridícula que ni siquiera tiene un cierre para...

—No tiene cierre porque es una cadena para gafas –la interrumpió–. La compré para la señora Fox después de leer una entrevista donde se quejaba de que las gafas se le caen constantemente.

Vito soltó una carcajada. Su irritación por tener que ocuparse de un asunto menor había desaparecido por completo. Se lo estaba pasando en grande con el enfrentamiento de las dos mujeres.

–Eso no justifica que hayas comprado un montón de cosas relacionadas con animales –declaró Karen, que no estaba dispuesta a dar su brazo a torcer.

–¿Por qué no? A la gente le gustan los animales... Además, me dijiste que ahorrara siempre que fuera posible.

–¡Pero no te dije que compraras basura!

–No es basura –se defendió–. Sin embargo, sobra decir que todo se puede devolver.

Vito decidió intervenir.

–Eso no será necesario. Termina el trabajo que te encargué, es obvio que has hecho tus deberes y que te has tomado muchas molestias para averiguar lo que le gusta a las personas de la lista. Pero por favor, no me molestéis más con trivialidades. Salid de aquí y llevaos vuestras diferencias de criterio.

La directora gerente se puso tensa.

–Por supuesto, señor Barbieri. Siento haberlo interrumpido.

Las dos mujeres estaban repasando la lista cuando aparecieron un par de compañeros de trabajo que habían visto los folletos de Marge y querían contribuir con dinero a la causa del refugio. Naturalmente, eso aumentó el enfado de Karen.

–Te recuerdo que estás aquí para trabajar, no en busca de apoyo a tu organización benéfica favorita. Cuando vuelvas esta tarde, te daré más cosas que hacer. Será mejor que acabes pronto con tus compras.

Karen cumplió su palabra. Aquella tarde, la llevó a los archivadores del sótano y le dio trabajo suficiente como para mantenerla ocupada durante muchos días. Ava sabía que la estaba castigando, pero aceptó el encargo sin resentimiento alguno. Aunque el sótano era un lugar frío y solitario, tenía la ventaja de que, al menos, no se cruzaría con Vito.

Una semana después, Vito estaba en un restaurante famoso, admirando a su acompañante. Laura era una mujer muy sexy, de ojos almendrados y largo cabello rubio. Cualquier hombre se habría sentido atraído por ella, pero Vito no era cualquier hombre. Su voz le parecía demasiado aguda; su boca, demasiado tensa; y además, le disgustaba que la modelo se dedicara a criticar constantemente a sus compañeras de pasarela.

Quizás había llegado el momento de romper con Laura, exactamente igual que había roto aquella mañana con una vieja tradición.

A primera hora, había recibido una llamada telefónica de Damien Keel, el nuevo director de su empresa inmobiliaria. Damien, que no sabía nada de lo sucedido tres años antes, estaba organizando su agenda para las Navidades y quería saber si iba a dar una fiesta en el castillo. Vito no había celebrado fiestas en Bolderwood desde la muerte de Olly, pero pensó que tres años era mucho tiempo de luto y que había llegado el momento de volver a la normalidad.

Tras despedirse de Laura, volvió a AeroCarlton y miró hacia recepción. No había visto a Ava en varios días, así que empezaba a sentir curiosidad.

–¿Sabes si Ava Fitzgerald sigue con nosotros? –preguntó a la recepcionista.

–No, señor.

–Pues averígualo.

Minutos después, la recepcionista le dijo que Ava se encontraba en el sótano, trabajando. Para entonces, ya había terminado de organizar los archivos viejos, pero, lejos de levantarle el castigo, Karen le encargó que pusiera en orden los más recientes. Y allí estaba, llevando cajas de un lado a otro, cuando oyó una voz que ya le resultaba familiar.

–Como no creo que tengas tiempo para comer, te he traído la comida yo mismo.

Ava se dio la vuelta y se encontró delante de Pete Langford. Pete, un compañero de trabajo, era un hombre delgado y de altura media que bajaba de vez en cuando a charlar con ella. Ava sabía que le gustaba y había hecho lo posible por quitárselo de encima, pero sin éxito.

–Venga, descansa un poco.

Pete se acercó a la mesa y dejó un bocadillo y un refresco.

–Te lo agradezco mucho, pero no me apetece. Además, tengo que ir de compras.

–Deja las compras para más tarde.

Ava se apartó de él. Sus compañeras le habían advertido que Pete Langford siempre intentaba ligar con las recién llegadas.

–Lo siento, pero no puedo.

Pete suspiró.

–¿Se puede saber qué te pasa?

–No me pasa nada –respondió–. Simplemente, no me interesas.

–¿Es que eres lesbiana? –preguntó con brusquedad–. No te enfades, pero supongo que tres años en una prisión de mujeres...

Ava palideció.

–¿Quién te ha dicho que estuve en la cárcel?

–Oh, vamos, lo sabe todo el mundo.

–¿Cómo es posible? Yo no lo he mencionado nunca –declaró, humillada.

En ese momento, se oyó una voz que dejó helado a Pete y a la propia Ava. Era la voz de Vito Barbieri.

–Buena pregunta... ¿Quién te lo ha dicho, Pete? Se supone que eso es información estrictamente confidencial.

Vito estaba en la entrada del sótano, mirando a su empleado con cara de pocos amigos. De hecho, parecía furioso. Pero Ava jamás habría imaginado que su enfado no se debía tanto al hecho de que Pete tuviera información confidencial como a los celos que había sentido al verla en compañía de otro hombre.

–No recuerdo quién me lo dijo, señor... –respondió Pete con inseguridad–. Será mejor que vuelva arriba.

–Una idea excelente –bramó.

Pete salió a toda prisa y Ava frunció el ceño.

–¿A qué ha venido eso?

Vito hizo caso omiso de la pregunta.

–¿Desde hace cuánto estás en el sótano?

–Desde que fui a tu despacho para hablar de los regalos.

–¿Llevas toda una semana aquí?

Ava asintió.

–Sí.

–Dios mío... –Vito echó un vistazo a la fría y oscura sala–. Para ti, habrá sido como volver a la cárcel.

–Bueno, es trabajo. Y me alegro de tenerlo –declaró ella–. Además, te aseguro que la cárcel es mucho peor que el sótano de una oficina.

–De todas formas, quiero que sepas que no fue idea mía.

–Lo sé. Tú no eres tan mezquino. Aunque, pensándolo bien, creo que es la solución perfecta para ti. Me querías bien lejos y aquí estoy lo más lejos que puedo estar –declaró con humor.

La cara de Ava se iluminó con una sonrisa que a Vito le pareció preciosa. Era una mujer verdaderamente bella, tanto que, a pesar de todos sus esfuerzos por mantener las distancias y refrenar sus instintos, no deseaba otra cosa que volver a probar el sabor de sus labios. Y mientras la observaba, su imaginación lo traicionó y la vio tal como la recordaba en su memoria, con corpiños, faldas de cuero y botas militares.

Los ojos de Ava brillaron y se oscurecieron a continuación. De repente, el ambiente se había cargado de electricidad. Era como estar en el ojo de una tormenta. Ava caminó hacia Vito sin ser consciente de lo que hacía, pero siendo increíblemente consciente del endurecimiento de sus pezones y del calor que notaba entre las piernas.

Vito no lo pudo evitar. Cerró una mano sobre su muñeca, la apretó contra su cuerpo y la abrazó, dominado por el deseo. Después, alzó la otra mano y le acarició el labio inferior con un dedo, dulcemente.

Ava gimió y susurró:

–Bésame.

El deseo de Ava era tan apremiante que no podía pensar en otra cosa. Vito bajó la cabeza y la besó con todo el hambre de su poderoso cuerpo, ella respondió del mismo modo, apretando los pechos contra él. Las piernas se le doblaban y tenía la sensación de que el mundo había empezado a girar a su alrededor.

Entonces, Vito se apartó un poco, le acarició un pezón por encima de la ropa y, tras arrancarle un gemido, dijo:

–Este no es el lugar más adecuado, *cara mia*.

Ava respiró hondo para recuperar el control de su traicionero cuerpo y sobreponerse a la decepción de su retirada. Pero sabía que también había sido difícil para él, porque notaba la fuerza de su erección. Y se sintió aliviada al tener la certeza de que esta vez no se había quedado sola al caer en el torbellino del deseo.

–No te preocupes, Ava –dijo con seriedad–. Me encargaré de que te saquen inmediatamente del sótano.

–Olvídalo. No es necesario.

–Por supuesto que lo es. Me precio de tratar bien a mis trabajadoras. Aislarte en el sótano y condenarte a un trabajo tan aburrido como repetitivo es algo absolutamente inaceptable.

Ella le miró con picardía.

–¿Qué has querido decir con eso de que tratas bien a tus trabajadoras? ¿Es que también las besas?

–No. Tú eres la primera.

–Y supongo que ahora me vas a decir que no volverá a pasar...

Él le lanzó una mirada tormentosa y ella se ruborizó repentinamente, consciente de que lo había provocado a propósito.

Vito todavía estaba excitado cuando empezó a subir las escaleras. Ava Fitzgerald le gustaba tanto que habría podido sentarla sobre la mesa, separarle las piernas y saciar su mutuo deseo, pero detestaba perder el control.

Ya no podía negar que la deseaba. De hecho, la deseaba más de lo que había deseado a ninguna mujer en mucho tiempo. Y no se podía engañar a sí mismo con la antigua excusa de que solo le gustaba porque era una especie de fruta prohibida. Ava había dejado de ser una adolescente. Era una mujer adulta y libre de compromiso. Tan adulta y libre como él.

Además, no tenía motivos para desaprovechar la ocasión que se le había presentado. Era una mujer sexy que lo excitaba, y esa excitación era tan poco común en su vida que bastaba para desestimar cualquier otra consideración, incluido el hecho de que se tratara de la mujer que había causado el accidente de Olly.

Una hora más tarde, Karen Harper llamó a Ava para que subiera a recepción, donde le pidió que hiciera café y ordenara la sala, entre otros encargos. La tarde pasó rápidamente y, cuando terminó, fue al refugio a recoger a Harvey. Marge se alegró tanto al saber que varios empleados de AeroCarlton querían comprar sus productos que la invitó a cenar.

Después, dio un largo paseo con Harvey y se sentó a descansar en un banco durante unos minutos. Aún no se había acostumbrado a la idea de que había recobrado su libertad y de que su vida ya no estaba sometida a los límites y las regulaciones de la cárcel.

Cuando sonó el teléfono móvil, se sobresaltó. Tenía la esperanza de que fuera alguna de sus hermanas, pero era Vito.

–Hola, Ava. Necesito tu dirección. Quiero hablar contigo.

Ava se llevó una buena sorpresa, pero le dio la dirección a pesar de que le disgustaba la idea de que Vito viera su modesto domicilio. Y como ya no tenía tiempo de devolver el perro a Marge, se levantó y se dirigió a casa a toda prisa.

Conociendo a Vito, daba por sentado que querría hablar con ella para decirle que lo sucedido en el sótano no significaba nada. Pero Ava no se había hecho ilusiones al respecto. Los millonarios como él no mantenían relaciones serias con sus empleadas, sobre todo si la empleada en cuestión era una expresidiaria que había matado a un familiar suyo.

Pensó que se había dejado llevar por un impulso y que después, al pensarlo, habría entrado en razón. Y se preguntó si había sido culpa suya, si no se le habría insinuado inconscientemente.

Sin embargo, esta vez no estaba dispuesta a cargar con toda la responsabilidad. Ni a permitir que la acusara de haberlo seducido.

Capítulo 4

UNA limusina estaba aparcada delante del edificio donde vivía. Ava cruzó la calle con Harvey y se dirigió al portal. Justo entonces, una de las portezuelas del vehículo se abrió y dio paso a Vito Barbieri.

Estaba tan inmaculado como siempre, con el traje que llevaba en la oficina y un abrigo de cachemira. Al verlo, Ava lamentó llevar unos vaqueros viejos y una chaqueta de mercadillo, aunque apartó ese pensamiento al instante. Llevara lo que llevara, se dijo que no habría podido impresionar a un hombre que lo tenía todo y que salía con modelos de fama internacional.

–Hola, Ava.

–Hola.

–No sabía que tuvieras perro...

–Pues lo tengo –dijo–. Dale la pata a Vito, Harvey.

Para sorpresa de Vito, el perro se sentó y le dio la pata.

–De todas formas, no es exactamente mío –continuó ella–. Es uno de los perros del refugio... me gustaría quedármelo, pero el casero no me lo permite.

–Pues te vendría bien.

–¿Por qué lo dices? –preguntó ella mientras abría el portal.

–Porque este no es buen barrio para una mujer sola.

–¿Crees que no me había dado cuenta?

Ava empezó a subir por la escalera, ofreciéndole una vista magnífica de su trasero. Vito la siguió y pensó que tenía un cuerpo precioso.

–No me agrada la idea de que vivas aquí. Es una pena que no te puedas quedar con el perro.

–Sí, lo es, pero el casero es muy estricto al respecto. De hecho, tendré que salir más tarde para devolvérselo a Marge.

–¿Quién es Marge?

–La mujer que lleva el refugio. Trabajé allí durante unos meses, en un programa de la cárcel, y la ayudo siempre que puedo. Tiene toda una red de voluntarios que se encargan de buscar personas que quieran adoptar los animales.

–Y de hacer cojines –comentó él con humor.

–En efecto.

Al llegar al tercer piso, Ava sacó la llave y abrió la puerta de su apartamento. Harvey se tumbó en una alfombra que había junto a una cama y Vito echó un vistazo al lugar. La alfombra sobre el suelo de linóleo era el único lujo.

–No puedo creer que tu familia sepa que vives en un sitio como este y no haga nada –dijo él.

–Bueno, es más cómodo que vivir en un hostal. ¿Te apetece un café?

Vito sacudió la cabeza.

–No, gracias. Acabo de tomarme uno.

Al acercarse a la ventana, Vito se dio cuenta de que su respiración formaba nubes de vaho. Por lo visto, el apartamento tampoco tenía calefacción.

–Puedes quitarte el abrigo. Te prometo que no te lo robaré.

–Prefiero dejármelo puesto. Aquí hace frío.

Ava sonrió mientras encendía el fuego de la cocina. Vito era tan friolero que Olly siempre se reía de él.

–¿Y bien? ¿Qué querías? Dijiste que necesitabas hablar conmigo.

–Quiero hacerte una oferta.

–¿Una oferta?

Vito asintió.

–He decidido que este año voy a dar una fiesta de Navidad en el castillo. No es que me apetezca mucho, pero me pareció que ya era hora.

Ava lo miró con extrañeza.

–¿Insinúas que no has dado una fiesta desde...?

Vito volvió a asentir.

–Desde hace tres años –contestó.

–Ah...

Ava se quedó tan asombrada que tardó un momento en reaccionar. Y, cuando lo hizo, se apresuró a volver a su conversación original.

–¿Y qué quieres de mí?

–Quiero que la organices.

–¿Yo? ¿Quieres que organice tu fiesta?

–Y que te encargues de la decoración.

–Pero...

–Olly y tú os encargabais siempre de esas cosas –le recordó–. Solo te pido que lo vuelvas a hacer.

Ava estaba realmente asombrada.

–¿Sabes lo que me estás pidiendo, Vito? ¿Sabes lo que la gente dirá cuando se enteren de que la he organizado yo?

Vito arqueó una ceja.

–Jamás me ha importado lo que piensen los demás –declaró con firmeza–. Es la solución perfecta, Ava. Sé que tú sabrás darle un ambiente verdaderamente navideño... Además, a Olly y a ti os encantaban esas tonterías. Sugiero que te quedes en AeroCarlton hasta el viernes y que te mudes al castillo después.

–¿Que me mude al castillo?

–Por supuesto. No puedes organizar la fiesta desde aquí.

Ava recordó el placer de pasar las Navidades en Bolderwood, la diversión de elegir un árbol, decorarlo y comer dulces junto al fuego, en el gran salón. Pero la idea de volver al castillo sin Olly le pareció inadmisible. No se lo merecía. Había matado a su mejor amigo y, de paso, había destrozado la vida de Vito.

–No puedo. Sería un error. Ofendería a muchas personas.

–Si no me ofende a mí, ¿por qué va a ofender a los demás? Eres demasiado sensible, Ava. Deja de vivir en el pasado.

–¡Pero si tú mismo dijiste que no me puedes perdonar! –protestó ella–. ¿Cómo esperas entonces que me perdone a mí misma?

Vito suspiró.

–Han pasado tres años, a veces me parece que fue ayer, pero han pasado tres años. Y tenemos que seguir adelante... Acepta mi oferta. Haz que estas Navidades sean un tributo a la memoria de Olly.

Ava no supo qué decir. El recuerdo de Olly le dolía tanto que se encontraba al borde de las lágrimas.

–Por Dios, Ava –continuó él, impaciente–. ¿Crees que a Olly le habría gustado que vivieras en un agujero como este?

–No, sé que no le habría gustado. Pero no puedo hacer nada al respecto –respondió con dignidad.

–¿Que no puedes hacer nada? –preguntó él, atónito–. ¿Qué diablos te ha pasado? Siempre fuiste una luchadora. Sinceramente, esperaba más de ti.

Sus palabras la hicieron reaccionar. Vito había apelado a su orgullo, a su confianza en sí misma, y no tenía más remedio que recoger el guante.

–Está bien. Si quieres que lo haga, lo haré, pero...

–¿Pero?

–Luego no te quejes si la gente dice que estás loco.

Vito miró a Harvey. El perro estaba tan relajado en la alfombra que parecía que se había fundido con ella.

–Ya te he dicho que no me importa lo que diga la gente.

–Sin embargo...

–No busques problemas donde no los hay, Ava. –Vito se giró hacia ella y la miró a los ojos–. Además, tu estancia en el castillo podría tener consecuencias que seguramente no has valorado. Puede que te ofrezca la oportunidad de volver a ver a tu familia.

Ella sacudió la cabeza.

–Se disgustarían mucho al verme. Dejaron bien claro que no me quieren en sus vidas... pero es su decisión. Si lo quieren así, tendré que asumirlo y seguir adelante.

Vito no dijo nada. Aún estaba asombrado por lo que había hecho. Ofrecer a Ava la organización de la fiesta era una forma de ayudarla a ella y de ayudarse a sí mismo, porque tenía la esperanza de que le ayudara a superar la atroz vulnerabilidad que sentía cada vez que pensaba en su difunto hermano, una debilidad que no podía aceptar y con la que ya no podía vivir.

Pensó en toda la gente que le había recomendado que acudiera a un terapeuta para superar su dolor y torció el gesto. No era su estilo. No quería hablar de cosas tan íntimas con un desconocido ni, por otra parte, creía que necesitara ayuda profesional por un suceso que, aunque trágico, formaba parte de la normalidad de la vida.

Vito se sentía completamente capaz de superarlo sin ayuda de nadie. Y se dijo que después de Navidad, cuando Ava Fitzgerald se marchara, habría dado un paso adelante en su proceso de recuperación.

–¿Puedo llevar a Harvey al castillo?

Vito frunció el ceño. Le gustaban los animales, pero no los quería en su casa. Solo había hecho una excepción con Olly, a quien permitió tener un conejillo de Indias y un pez.

–Te prometo que no te dará problemas. Solo te lo pido porque nadie lo quiere adoptar y porque Marge no tiene espacio para él. Le harías un gran favor... y quién sabe, puede que alguno de tus empleados se quede con él.

Vito miró al perro, que roncaba plácidamente.

–¿De qué raza es?

–Es mestizo –respondió Ava con una sonrisa enorme–. Y tiene tan buen carácter que adora a los niños... De hecho, estoy pensando que podría contribuir a la fiesta de Navidad. Quedaría muy bien si le pongo un gorro de Papá Noel o lo disfrazo de reno.

Vito soltó un bufido. La idea le pareció realmente absurda.

–Llévalo si quieres, pero no te equivoques, no me lo voy a quedar.

Ava rio, encantada.

–Descuida, no esperaba que te quedaras con él... Y te prometo que lo mantendré lejos de ti. Sé que no te llevas bien con los perros. Olly me contó que te mordió uno cuando eras un niño.

A Vito le molestó el recordatorio. En primer lugar, porque le disgustaba que hablaran de él a sus espaldas y, en segundo, porque le hizo preguntarse qué otras cosas le habría contado su hermano pequeño.

–Tendré que hablar con Sally, mi agente de la condicional. No puedo salir de Londres sin su permiso –añadió Ava–. Tengo que ir a verla cada mes.

–Solo estarás fuera un par de semanas. Dudo que le importe.

–Estoy en libertad bajo palabra, Vito. Si no cumplo las normas, me devolverán a la cárcel.

Él apretó los labios.

—Está bien... Te daré un poco más de tiempo. Me encargaré de que un coche pase a recogerte el domingo por la tarde.

Vito se marchó y la habitación se quedó tan fría y vacía como si el sol se hubiera puesto de repente. Ava se sentó frente al fuego, estremecida. ¿Qué había hecho? ¿Por qué había aceptado su propuesta? Pero, sobre todo, ¿por qué se lo había ofrecido Vito?

Supuso que quería cerrar el círculo. Y lo comprendió perfectamente, porque la tragedia de la muerte de Olly tenía que haber sido especialmente dolorosa para un hombre tan reservado como Vito Barbieri.

De todas formas, pensó que Vito estaba en lo cierto al afirmar que no se podía vivir en el pasado. Tanto si le gustaba como si no, la vida continuaba y ella tendría que aprender a seguir adelante con ella.

—Tengo entendido que solo estarás aquí hasta el viernes —dijo Karen Harper a la mañana siguiente, mientras repasaba los documentos que Ava había pasado a máquina—. Veo que eres muy amiga del señor Barbieri...

—Yo no diría que seamos amigos. Vito sigue siendo mi jefe.

A pesar de sus intentos por restar importancia al asunto, el ambiente se fue cargando a lo largo de la semana y Ava se vio obligada a escuchar más preguntas impertinentes de las que deseaba responder.

Cuando llegó el viernes, se sintió inmensamente aliviada. Tenía que ver a su agente de la condicional, así que pudo salir de la oficina antes de tiempo.

–¿Te vas a alojar en un castillo medieval? –preguntó Sally, atónita.

–No es medieval... Aunque lo llamen «castillo», Bolderwood es una mansión de la época victoriana –explicó.

–Una mansión que pertenece al hermano de Oliver Barbieri –declaró con una sonrisa–. Vito debe de ser un hombre muy comprensivo.

–En absoluto. Sé que nunca me perdonará por lo que pasó. Y no le culpo.

–Pues no lo entiendo...

–Simplemente cree que los dos necesitamos superarlo y volver a la normalidad. Le ha parecido la mejor forma de conseguirlo.

Sally asintió.

–Aun así, me parece muy generoso de su parte.

Dos días después, mientras viajaba a Bolderwood en una limusina, con Harvey dormido a sus pies, Ava se dijo que Sally tenía razón. Vito había demostrado ser un hombre notablemente generoso. Sin embargo, también pensó que no era tan sorprendente. A fin de cuentas, le había ofrecido su casa a Olly cuando se quedó solo en el mundo, a un chico al que, hasta entonces, solo había visto un par de veces.

Vito Barbieri, el hombre de la fachada dura e inflexible, el hombre al que sus competidores temían y respetaban por igual, tenía un corazón de oro.

El nerviosismo de Ava fue aumentando a medida que se acercaba a Bolderwood. Estaba asustada y entusiasmada ante la perspectiva de volver a ver las tierras de su infancia. ¿Se atrevería a visitar a su padre y a sus hermanas? Había considerado seriamente la posibilidad, pero no le parecía una buena idea. Tenía el convencimiento de que ni siquiera se dignarían a recibirla.

Al pensarlo, se acordó de Olly y de una frase que le dedicaba con frecuencia: «Tienes una actitud muy negativa».

Pero Olly nunca había entendido su situación. Aunque su madre había muerto y su padre se había desentendido de él, había crecido con más amor y apoyo del que Ava había recibido en toda su vida. No sabía lo que significaba sentirse permanentemente excluido, no se había acostumbrado a desconfiar de la gente y esperar siempre lo peor.

Momentos después, la limusina se detuvo brevemente ante las gigantescas puertas de hierro de Bolderwood, que se abrieron poco a poco. A Ava se le hizo un nudo en la garganta cuando avanzaron por el camino y los faros del vehículo iluminaron la mansión. Con cuatro torres y un verdadero bosque de chimeneas de época isabelina, su arquitecto había incluido elementos de casi todos los estilos anteriores a su construcción.

Siempre le había parecido un lugar muy romántico. Y muy íntimo, porque a pesar de que Vito tenía un montón de personal a su servicio, nunca había organizado más actos sociales que la fiesta de Navidad.

Eleanor Dobbs, la esbelta morena de treinta y tantos años que ejercía de ama de llaves en el castillo, recibió a Ava en la puerta.

–Señorita Fitzgerald... –dijo con cierta incomodidad–. La llevaré a su habitación para que pueda deshacer el equipaje.

–Preferiría que me tutearas, Eleanor –Ava se ruborizó sin poder evitarlo–. ¿Qué tal estás? ¿Cómo va todo?

–Bueno, las cosas han estado bastante tranquilas desde tu última visita –respondió mientras la llevaba hacia la escalera–. Todos nos alegramos de que se vuelva a celebrar la fiesta de Navidad.

Ava se llevó una sorpresa al ver que la iban a alojar en el mejor dormitorio de invitados. Era una habitación enorme, con baño propio, que se encontraba en una de las torres de la mansión. El fuego estaba encendido y daba un tono anaranjado a los muebles de caoba y a la gigantesca cama con dosel.

–¿Por qué me has traído aquí? –preguntó en voz baja.

–Porque me lo ha ordenado el señor Barbieri.

Ava se quedó helada.

–¿Vito? ¿Es que está aquí?

–Sí, creo que en su habitación.

El ama de llaves se fue y Ava contempló el lugar con asombro mientras Harvey se tumbaba en una alfombra. Le parecía increíble que Vito la hubiera alojado en un dormitorio que, normalmente, reservaba para los invitados importantes.

–No te pongas demasiado cómodo, Harvey. No nos quedaremos mucho tiempo.

Salió de la habitación, avanzó por el pasillo, llamó a la puerta de la habitación de Vito y esperó de brazos cruzados. Como no contestaba, abrió la puerta y entró, pero se detuvo en seco al ver que Vito salía en ese momento del cuarto de baño sin más ropa que unos calzoncillos.

Durante unos segundos, se quedaron boquiabiertos y mirándose a los ojos. Ava pensó que tenía un cuerpo impresionante, con un pecho musculoso y un estómago tan liso como una tabla de planchar. Pero se fijó particularmente en la línea de fino vello negro que desaparecía bajo la goma de los calzoncillos.

—Oh, lo siento. No pretendía...

—Al menos, cierra la puerta.

Ella cerró la puerta, tan colorada como un tomate. Se sentía verdaderamente avergonzada. Se le había quedado mirando como una tonta, como si no hubiera visto a un hombre medio desnudo en toda su vida.

Y, lamentablemente, era verdad. Tenía veintidós años y una falta de experiencia que suponía una ofensa a su orgullo. Durante su adolescencia, había estado tan obsesionada con Vito que ni siquiera había vivido la fase juvenil de la experimentación y, más tarde, la cárcel impidió que tuviera ningún tipo de relaciones sexuales.

—¿Se puede saber qué pasa? —preguntó él.

—Que me has alojado en el dormitorio de los invitados importantes, Vito. No me parece una buena idea.

Vito alcanzó unos pantalones y se los puso. Mientras se subía la cremallera, Ava pensó que nunca le había parecido ni más tranquilo ni más seguro de sí mismo.

–Deja que sea yo quien decida si es o no es apropiado.

–¡Pero esa es la cuestión! –declaró ella con vehemencia–. Que tú nunca haces lo que es apropiado.

Él arqueó las cejas.

–Esta es mi casa y aquí se hace lo que yo digo.

La arrogancia de Vito enfureció a Ava.

–No lo discuto, pero no puedes despreciar los sentimientos de los demás. ¿Qué dirá la gente cuando se entere?

–No es asunto suyo, Ava.

–Tienes un verdadero problema de actitud...

Vito sonrió y alcanzó una camisa.

–Eso es cierto. Nunca he soportado que me digan lo que tengo que hacer.

–Yo no te estoy diciendo que...

–Claro que me lo estás diciendo. Eres una mandona. Siempre lo has sido.

Vito la miró de arriba abajo y deseó quitarle la ropa, ponerle lencería de encaje y seda y tumbarla en la cama.

–¡Yo no soy una mandona!

–Si tú lo dices... –declaró con humor–. Pero no te equivoques conmigo. Yo no acato órdenes de nadie. Te he puesto en esa habitación porque lo he querido así.

–Llévame a un dormitorio más... modesto.

Vito se puso la camisa mientras la imaginaba con unas braguitas mínimas y un sostén transparente.

–No.

–Te lo ruego, Vito. No soy una invitada de honor. Solo soy una empleada... Debería alojarme en las habitaciones de los criados.

–No –repitió–. Y no insistas, porque no voy a cambiar de opinión.

–Pero dirán que...

–Eres una chica inteligente. Aprovecha la situación en tu favor.

–¿En mi favor? –declaró, frustrada–. Si me tratas como a un invitado especial, darás pie a todo tipo de habladurías.

Vito avanzó hacia ella con la camisa abierta.

–Corrígeme si me equivoco... ¿No has estado tres años en la cárcel? ¿No te parece que ya has pagado por lo que hiciste?

Ava bajó la mirada.

–Sí, claro que sí.

–Te juzgaron, te sentenciaron y te enviaron a prisión. ¿Por qué te empeñas en seguir pagando? –preguntó con impaciencia–. He ordenado que te llevaran a esa habitación porque, si yo te trato con el respeto que mereces, los demás se verán obligados a seguir mi ejemplo y a tratarte del mismo modo.

–No es tan sencillo... protestó.

–Por supuesto que lo es –replicó con firmeza–. No permitas que tu inseguridad complique las cosas.

Las palabras de Vito hirieron su orgullo.

–¡Yo no soy insegura!

–Ava, siempre has sido un saco de inseguridades.

–¡Eso no es cierto!

–¿Ah, no?

–Bueno... ¡no es totalmente cierto!

Vito dio un paso adelante y le acarició los labios.

–Está visto que no se puede decir la verdad...

Ava retrocedió, sobresaltada.

–No me toques, Vito.

Él sonrió e inclinó la cabeza con la intención evidente de besarla.

–¿Que no te toque? –dijo en voz baja–. Estás deseando que te toque, Ava. Tú y yo sabemos que lo estás deseando.

Capítulo 5

VITO le puso la mano en la parte baja de la espalda y la apretó con fuerza contra su cuerpo. El calor y el contacto ferozmente físico derribó las defensas de Ava incluso antes de que la besara y las arrasara por completo.

Nunca habría imaginado que un beso pudiera ser tan placentero. La pasión de Vito la conjuró y despertó en ella una necesidad desesperada.

Respondió a su beso con ansiedad, insegura por su falta de experiencia y asustada ante la posibilidad de que se apartara, como ya había hecho antes. Pero la penetrante invasión de su lengua había conseguido que la sangre le hirviera en las venas y que su corazón latiera con desenfreno. Nada le había parecido nunca tan necesario. Nada le había parecido nunca tan correcto.

–*Per l'amor di Dio*, Ava... –dijo en italiano–. Me vuelves loco.

–¿Tan terrible soy?

Vito sonrió, inclinó la cabeza y la volvió a besar. Luego, soltó un gemido que vibró dentro de su poderoso pecho mientras sus manos se aferraban a las caderas de Ava, apretándolas contra él y haciéndola terriblemente consciente de su erección. Su aroma almizclado la embriagaba por completo cuando le mordió un labio. Ella se estremeció y frotó los senos contra la dura pared de su pecho.

No se dio cuenta de que le había bajado la cremallera de la falda hasta que la prenda cayó al suelo y él la tomó entre sus brazos y la tumbó en la cama con un movimiento sorprendentemente fluido. A Ava le incomodó un poco, porque demostraba que tenía mucha más experiencia que ella y porque había terminado en la cama sin tener ocasión de decidir al respecto, pero renunció a la posibilidad de retomar el control.

Mientras Vito le quitaba los zapatos, ella se apoyó en los cojines con nerviosismo, aunque preparada para lo que iba a pasar. Entonces, él se quitó la camisa y la dejó a un lado. Los ojos de Ava devoraron su torso de color miel, tan bello que bastó para borrar los últimos retazos de su sentido común.

Extendió los brazos con intención de acariciarlo, pero Vito le empezó a desabrochar los botones de la blusa, besándola cada vez que soltaba uno. Poco después, la blusa y el sostén desaparecieron y dejaron de ser un obstáculo. Él le acarició los pezones con las dos manos y ella soltó un gemido que Vito interpretó como una invitación para descender sobre sus pechos e insistir con el delicioso tormento, pero, esta vez, con la lengua.

Excitada, ella llevó las manos a sus hombros y se aferró a ellos.

—Tócame si quieres, *cara mia*...

Ava se ruborizó, pero apartó las manos de sus hombros y, para sorpresa de Vito, las llevó directamente a su erección. Él comprendió lo que quería y se apartó el tiempo justo para quitarse los pantalones y los calzoncillos. Ava cerró los dedos sobre su sexo y lo acarició con dulzura; era duro e increíblemente suave.

Pero eso no le pareció suficiente. Aunque carecía de experiencia, dejó su ignorancia y su miedo a un lado e inclinó su rojiza cabeza para hacer lo que más le apetecía.

Vito gimió cuando la boca de Ava se cerró sobre su pene.

–Oh, Ava...

Tras dejarla hacer durante unos segundos, él la apartó y la miró a los ojos.

–Quiero tenerte. Quiero tenerte ahora –dijo–. ¿Y tú? ¿También lo quieres?

Ella respondió sin la menor sombra de duda.

–Sí.

Los dedos de Vito avanzaron por la cara interior de sus muslos y ella se quedó inmóvil, completamente dominada por el deseo, preguntándose si alguien habría sentido alguna vez el placer que ella sentía en ese momento. ¿Sería siempre así? ¿O es que sus años de cárcel la hacían desear de un modo desesperado?

–Adoro tu cuerpo, Ava. Eres tan bella...

Ella sonrió e intentó no pensar en las dudas que de vez en cuando, incluso entonces, asaltaban su mente. Solo iba a hacer el amor, nada más y nada menos. Solo era sexo. No podía ser tan ingenua como para creer que de aquel encuentro amoroso pudiera surgir una relación más profunda. Solo iba a explorar la conexión que siempre habían tenido. Solo iba a culminar lo que siempre había deseado.

Vito la volvió a besar y le quitó las braguitas. Después, metió una mano entre sus piernas y la acarició durante unos instantes antes de introducirle suavemente un dedo y acariciarle el clítoris con el pulgar.

—Estás tan húmeda...

Ava intentó refrenar sus impulsos, pero las oleadas de placer eran demasiado intensas como para poder soportarlas en silencio. Dejó escapar una serie de pequeños gemidos desesperados y se retorció con fuerza, como si estuviera febril, lejos ya de cualquier posibilidad de recuperar el control.

De repente, Vito rompió el contacto y se alejó, dejándola frustrada y más impaciente que nunca. Pero solo se había apartado para ponerse un preservativo.

Volvió rápidamente con ella y le separó las piernas una vez más. La penetró con un movimiento potente y seguro que le arrancó un grito de dolor y le dejó una sensación de incomodidad tan inesperada como inoportuna.

Vito se quedó helado.

—¿Es que soy el primero? —preguntó, atónito.

Ava se sintió tan humillada que tuvo que hacer un esfuerzo para mirarlo a los ojos.

—Bueno, no es para tanto... —acertó a decir—. No le des importancia.

—¿Que no le dé importancia? —declaró él, todavía desconcertado—. ¿Y cómo esperas que reaccione?

Vito no lo podía creer. Ava Fitzgerald, la jovencita a la que siempre había imaginado una experta en materia de relaciones sexuales, seguía siendo virgen. Por lo visto, la vida siempre podía deparar una sorpresa más.

—De ninguna manera –respondió, orgullosa–. Además, ya no tiene remedio.

—Pero...

—¿Sí?

Vito la miró con desconfianza.

—¿Por qué me has elegido a mí? ¿Por qué lo has querido hacer conmigo?

Ava subió las caderas y cerró las piernas alrededor de su cuerpo en un intento de hacerle olvidar sus preocupaciones. Vito le puso las manos en los hombros e hizo ademán de querer salir de ella, pero se rindió cuando Ava repitió el movimiento y lo envolvió definitivamente con su calor y su humedad.

Después, cerró los ojos y se dijo que no iba a permitir que Vito arruinara el momento que siempre había soñado. Ni siquiera sabía por qué le inquietaba tanto que fuera virgen. Quizás pensaba que su inexperiencia la empujaría a pedirle más cosas de las qué él estaba dispuesto a dar. Al fin y al cabo, había oído que las vírgenes tenían tendencia a encapricharse en exceso de sus amantes y a buscar lazos más allá de lo físico.

—Esto no es lo que yo quería... –dijo él.

—Bueno, no siempre conseguimos lo que queremos –declaró, excitada–. No rompas la magia, Vito...

Dividido entre el deseo de estrangularla y de hacerle el amor durante una semana entera, Vito soltó una maldición en italiano. Por una parte, nunca había deseado a nadie como la deseaba a ella, por otra, siempre se había negado a hacer el amor con mujeres vírgenes o especialmente vulnerables porque no quería aprovecharse de su situación.

Al final, se dejó llevar por el deseo y se empezó a mover con suavidad, acelerando el ritmo. La excitación de Ava aumentó poco a poco, hasta que una fuerza incontrolable estalló en su interior y se extendió por su cuerpo como si le hubieran puesto una inyección de felicidad pura. Aún sentía los espasmos cuando Vito llegó al clímax. Ella lo tomó entre sus brazos, con fuerza, deseando fundirse con él.

–Ha sido... ha sido tan diferente, *bella mia*... –dijo él con voz entrecortada.

Momentos después, Vito se levantó y se dirigió al cuarto de baño mientras ella se quedaba en la cama, pensando en lo que había dicho.

Diferente. No era precisamente un cumplido. Pero en lugar de sentirse herida, se sentó, esperó a que Vito volviera a la habitación y declaró con una despreocupación calculada:

–¿Diferente? Solo ha sido un poco de diversión.

Él se quedó helado.

–¿Cómo? ¿Qué has dicho...?

–Que solo ha sido un poco de diversión.

Vito entrecerró los ojos.

–Por Dios... ¡acabas de perder la virginidad!

Ella se encogió de hombros.

–Y la semana que viene cumpliré veintidós años, Vito.

–No te entiendo.

–¿Ah, no? Dime, ¿cuántas chicas de veintidós años conoces que sean vírgenes? Ya era hora de que diera el paso.

La actitud desafiante de Ava irritó a Vito. Lejos de mostrarse vulnerable, hablaba como si llevara una armadura que la protegiera y como si hubieran hecho el amor porque ella había decidido que quería perder la virginidad. Se sintió tan ofendido que se arrepintió de haberse dejado llevar por el deseo.

–Te aseguro que no quería tener el honor de ser tu primer amante –le confesó, muy serio–. De hecho, si hubiera sabido que eras virgen, jamás te habría tocado... pero supuse que tenías experiencia.

Los ojos azules de Ava se clavaron en él. Hasta el momento, había conseguido disimular y mostrarse tranquila y despreocupada, aunque sus verdaderas emociones distaban mucho de serlo.

–No la tenía, pero ya he resuelto ese problema.

–En cualquier caso, lo último que necesitas ahora es otro revolcón –dijo él con firmeza.

–¿Y quién eres tú para decirme lo que necesito?

–Mira, Ava...

–Olvídalo, Vito –lo interrumpió–. Si me prestas algo de ropa, volveré a mi dormitorio y te dejaré en paz.

Vito entró en el cuarto de baño y salió con un albornoz negro, que lanzó a la cama de mala manera. Ava apretó los labios, alcanzó la prenda y se la puso rápidamente para ocultar su desnudez; luego, ató el cinturón y recogió su ropa con tanta dignidad como pudo.

Terminada la tarea, volvió a su habitación y entró en la ducha. Aún estaba asombrada por lo que había sucedido entre Vito Barbieri y ella, de algún modo, el espíritu de la adolescente que había sido había tomado el control de su cuerpo y había triunfado sobre la mujer adulta.

Ava se restregó la piel con fuerza, como si así pudiera borrar el recuerdo de sus caricias. Cuando se secó, se puso unos vaqueros y un jersey y se sentó junto a la chimenea, al lado de Harvey.

Por fin había perdido la virginidad. Pero se sentía estúpida y confundida por un torbellino de emociones contradictorias.

Mientras acariciaba al perro, se dijo que no derramaría ni una sola lágrima por Vito Barbieri, se comportaría como si no hubiera pasado nada, como si fuera un episodio insignificante y sin relevancia alguna que estaba deseosa de olvidar.

–No debería haber ido a su dormitorio –se dijo en voz alta.

Se arrepentía de haber desafiado y provocado a Vito. En ese momento, le había parecido que la cuestión de su alojamiento era de gran importancia, pero ahora le parecía que era un asunto trivial y que no merecía el esfuerzo que le había dedicado.

Alguien llamó a la puerta e interrumpió sus pensamientos. Era una criada, que llevaba una bandeja con comida.

–El señor Barbieri ha dicho que tendría hambre...

La criada dejó la bandeja en la mesa que estaba junto a la ventana y, a continuación, destapó el plato.

–No deberías haberte molestado –dijo Ava–. Podría haber bajado al comedor.

Ava miró el pollo y la boca se le hizo agua a su pesar. De adolescente, se sentía incómoda cuando los criados le servían la comida durante sus visitas a Bolderwood, pero, con el tiempo, sus opiniones se habían vuelto más racionales. Servir en el castillo no era ninguna vergüenza; sabía que Vito pagaba bien y que ofrecía buenas condiciones de trabajo.

—Habría sido una tontería, señorita. Somos muchos y solo tenemos que cuidar de dos personas...

La chica le dedicó una sonrisa encantadora, y Ava supo en ese momento que desconocía su relación pasada con la familia Barbieri.

Cuando la criada se marchó, Ava se sentó y se puso a comer. Luego, sacó una libreta y empezó a tomar notas sobre la organización de la fiesta. Pensó que debía empezar por contratar los servicios de una empresa de catering y por visitar el vivero que normalmente surtía de plantas y flores al castillo. Pero no sabía cómo iba a ir de un lado a otro, porque le habían retirado el permiso de conducir.

—Bueno, ya lo pensaré en su momento.

Abrió la maleta y sacó sus pertenencias, tarea que apenas le llevó cinco minutos. A continuación, llevó a Harvey al piso inferior y, siguiendo las instrucciones del ama de llaves, le dio de comer en una habitación de la parte trasera antes de sacarlo a pasear por los jardines.

La luz era tenue y no se oía nada salvo el sonido de sus propios pasos en el camino de grava. Todo aquel sitio estaba abarrotado de recuerdos dolorosos, y sintió una angustia intensa cuando divisó la pradera donde Olly y ella tomaban el sol cuando estudiaban para preparar los exámenes de fin de curso. Los exámenes que Olly no pudo llegar a hacer.

Aquella noche, durmió de un tirón. Estaba tan cansada que el agotamiento borró temporalmente todas sus preocupaciones. Cuando despertó, se llevó una sorpresa al descubrir que casi eran las nueve, que aún sentía el eco de su primera experiencia amorosa y que no estaba de humor para celebrar la pérdida de su virginidad.

Se duchó, se puso un jersey y unos vaqueros y se metió la libreta en el bolsillo de atrás de los pantalones antes de bajar en compañía de Harvey, para que hiciera sus necesidades. Al volver a la mansión, Eleanor Dobbs la acompañó al salón para servirle el desayuno.

–¿Podría hablar contigo cuando termines de comer?

Ava asintió. Suponía que querría hablar de los preparativos de la fiesta.

–Por supuesto... ¿Sabes si Vito está aquí?

–Ya se ha marchado. El helicóptero lo recoge todos los días a las siete en punto de la mañana.

A Ava no le sorprendió que Vito trabajara todos los días; aunque era un hombre rico, había crecido en la pobreza y había pasado por momentos de gran inseguridad. Además, ni siquiera había comprado el castillo de Bolderwood para él, sino para Olly, pensando que necesitaba un sitio al que pudiera llamar «hogar».

Después de desayunar, llamó a la empresa de catering que se había encargado de la comida de la última fiesta y organizó una reunión para el día siguiente. Ya se dirigía a las escaleras cuando el ama de llaves reapareció.

–Quiero enseñarte algo –dijo con incomodidad–. Quizás puedas ayudar...

Ava arqueó una ceja.

–Por supuesto.

Ava notó que Eleanor estaba extrañamente tensa y se preguntó por qué. La respuesta llegó al cabo de un par de minutos, cuando el ama de llaves la llevó al antiguo dormitorio de Olly y abrió la puerta de par en par. Estaba tal como Olly lo había dejado. Como si no hubiera pasado el tiempo.

–¿Por qué no has guardado sus cosas?

–Quise hacerlo, pero el señor Barbieri se negó. Al principio, entraba en la habitación y se quedaba en ella unos minutos... sin embargo, no ha vuelto desde hace dos años. Y no me parece bien que siga así.

Ava respiró hondo y echó los hombros hacia atrás.

–No te preocupes, yo me encargaré. Trae unas cuantas cajas y bolsas, por favor. Revisaré sus pertenencias y guardaré lo que me parezca de valor.

–Te estoy muy agradecida. Sinceramente, no me atrevía a hablar otra vez con el señor Barbieri. Es una cuestión demasiado dolorosa para él.

Ava asintió y se puso manos a la obra. Eleanor volvió poco después con las cajas y la ayudó a separar las cosas y a guardarlas. Durante el proceso, encontró un álbum que estaba lleno de fotos donde aparecían Olly y ella; Ava sonrió, con los ojos empañados por la emoción, y pensó que era la primera vez en tres años que podía pensar en su difunto amigo sin sentir angustia.

Un buen rato después, mientras paseaba con Harvey por los jardines, vio los rosales en flor y se le ocurrió una idea. Volvió al castillo en busca de unas tijeras, dejó el perro al cuidado de Eleanor, cortó unas rosas y se dirigió al pequeño y antiguo cementerio de la localidad, que se encontraba a unos cien metros de distancia. Quería visitar la tumba de Olly y dejarle las flores que nunca le había podido llevar.

Ya estaba entrando en el cementerio cuando vio que una rubia salía de un deportivo que estaba aparcado delante de una casa. La rubia la miró y frunció el ceño, pero Ava no le dio importancia y siguió hasta la tumba de Olly. Se llevó una sorpresa al encontrar la estatua de un ángel sobre la cabecera de la lápida. A Olly siempre le habían gustado las estatuas de ángeles.

—Eres tú, ¿verdad?

Ava se dio la vuelta y miró a la rubia del coche, que la había seguido. Era muy atractiva, y lleva ropa de diseñador.

—Lo siento... ¿nos conocemos?

—Claro que no. Soy Katrina Orpington. Tú y yo nunca nos movimos en los mismos círculos sociales —respondió con sarcasmo—. Pero yo te conozco de todas formas... Tú eres Ava Fitzgerald, la chica que mató al hermano pequeño de Vito. ¿Cómo te atreves a venir aquí?

Ava se quedó pálida, pero no se dejó intimidar por la mujer.

–Quería ver su tumba. Es posible que su muerte fuera culpa mía, pero Olly era mi mejor amigo –explicó con tristeza.

–Pues me parece que tu presencia en este lugar es de muy mal gusto. Tus lágrimas de cocodrilo no pueden cambiar lo que hiciste. Nunca olvidaré la cara de Vito aquella noche... ¡Estaba destrozado!

–Sí, claro... supongo que sí –dijo con un hilo de voz–. Pero no hago nada malo viniendo aquí.

–¿Que no haces nada malo? ¡Qué desvergüenza!

La rubia le lanzó una mirada llena de desprecio y se marchó.

Derrotada, Ava dejó las rosas sobre la tumba de Olly y se sentó en un banco. Sabía que no podía cambiar el pasado y que tendría que aprender a vivir con lo que había hecho, pero albergaba la esperanza de que la gente la perdonara algún día y de que le diera la oportunidad de demostrar que podía ser algo más que la suma total de sus errores, por graves que fueran.

Volvió al castillo, comprobó las habitaciones que se iban a usar durante la fiesta y habló con Eleanor para indicarle los muebles que debían retirar. Después, siguió tomando notas e hizo más llamadas por teléfono. Al final del día, estaba muy satisfecha con su trabajo.

Como no se quería cruzar con Vito cuando volviera a casa, se llevó a Harvey a dar un largo paseo. Un todoterreno lleno de barro se detuvo junto a ella en uno de los caminos; su conductor la saludó amablemente y se presentó como Damien Skeel, el encargado de la propiedad.

–Yo soy Ava Fitzgerald, la encargada de organizar la fiesta. Encantada de conocerte, Damien.

El hombre sonrió.

–Estamos encantados de que Vito se haya animado a recuperar la tradición de las fiestas de Navidad. Si te puedo ser de ayuda, llámame. Estoy a tu disposición.

Tras despedirse de Damien, Ava dio media vuelta y se dirigió al castillo. Ya empezaba a anochecer.

Entró por una de las puertas traseras y dio de comer a Harvey. Ya se disponía a subir a su dormitorio para darse una ducha cuando Eleanor apareció por la puerta que daba a la cocina. Estaba nerviosa y tensa.

–¿Qué ocurre, Eleanor?

–Que el señor Barbieri se ha enfadado mucho al ver que hemos vaciado el dormitorio de Olly. Le he dicho que ha sido culpa mía, que te lo pedí yo y que tú te has limitado a ayudarme... pero creo que no me ha escuchado.

Ava palideció.

–Oh, no...

Un minuto después, mientras avanzaba por un pasillo, oyó la voz de Vito.

–¿Se puede saber qué diablos has hecho?

Ava se dio la vuelta y lo miró.

Capítulo 6

VITO la intimidó más que nunca. Llevaba un traje oscuro y sus anchos hombros bloqueaban la luz de la biblioteca. Ava nunca había sido tan consciente de su altura hasta que, un momento después, cuando se plantó ante ella como una torre, la agarró de la muñeca y la arrastró al interior de la sala.

–*Per meraviglia!* ¿En qué estabas pensando? –rugió, fuera de sí–. Vengo a casa, veo abierta la puerta de su dormitorio y descubro que está vacío... ¡No me lo podía creer! ¿Cómo te has atrevido a vaciarlo sin consultarme primero? ¿Cómo has podido ser tan insensible?

Ava intentó encontrar alguna excusa, pero no se le ocurrió y decidió ser, sencillamente, sincera.

–Yo... me pareció que era lo mejor.

–¿Que a ti te lo pareció? –preguntó con rabia–. ¿Quién eres tú para decidir lo que se debe o no se debe hacer en esta casa?

Ava se ruborizó. No había imaginado que Vito reaccionaría tan mal.

–Lo siento, tienes razón. Debería habértelo consultado.

–¿Cómo te has atrevido? –repitió, tan enfadado

que ni siquiera había oído las palabras de Ava–. ¡No era asunto tuyo!

–Lo sé. Pensé que entendía tus sentimientos... Es evidente que ha sido un error, pero te aseguro que jamás me habría prestado a vaciar la habitación de Olly si no hubiera creído que te sentirías mejor.

–¿Cómo me voy a sentir mejor con una habitación vacía? –Vito la miró como si la creyera loca–. ¡Solo servirá para recordarme que Olly se ha ido para siempre!

Ava hundió los hombros y bajó la cabeza.

–Bueno, no he tirado sus pertenencias. Sus libros, sus cartas y sus fotografías están guardados en unas cajas.

–¡Pues quiero que los devuelvas a su sitio! ¡Y que lo dejes todo como estaba!

–Vito, no creo que sea una buena idea.

–¿Y qué importa lo que tú creas? –bramó–. ¿Qué ha pasado? ¿Que te has sentido culpable al ver su habitación y has pensado que te sentirías mejor si borraras el recuerdo de su presencia?

–Sí, confieso que me he sentido culpable al verla, pero todo en esta casa me hace sentirme culpable –le confesó–. Sin embargo, te prometo que eso no ha influido en mi decisión.

–¿En tú decisión? ¡Mataste a mi hermano, Ava! ¿Es que no te parece suficiente? ¿De dónde has sacado la estúpida idea de que vaciar su dormitorio y eliminar su recuerdo me haría sentir mejor?

Sus palabras atravesaron el corazón de Ava como un cuchillo. Pensó que tenía derecho a odiarla por la muerte de su hermano. Y ni siquiera se podía defender, porque era la primera vez que Vito le echaba en cara lo sucedido.

–Lo siento –se volvió a disculpar–. Ha sido un error imperdonable. Pero te aseguro que no estaba pensando en mí cuando tomé la decisión de vaciar el dormitorio.

–¿Y en qué estabas pensando?

–En ti, Vito.

–¿Quién te ha pedido que pienses en mí? –Vito se acercó a la licorera y se sirvió un vaso de whisky, que se bebió de un trago–. Lo que yo sienta sobre mi hermano es asunto mío, un asunto que no quiero tratar con nadie.

–Sí, ya lo sé, pero no me pareció que dejar esa habitación como una especie de mausoleo fuera una forma sana de afrontar el dolor.

–¿Y tú qué sabes del dolor?

–Sé más de lo que crees –respondió–. La muerte de Olly me afectó mucho más de lo que imaginas... Ahora sé que el dolor te puede destrozar por dentro y devorarte el alma si te aferras a él.

–¡Ahórrame el discurso, por favor! ¡Y no vuelvas a interferir en mi vida!

–No lo volveré a hacer, pero te recuerdo que fuiste tú quien me dijiste que no se puede vivir en el pasado, que hay que seguir adelante. Siento haber malinterpretado tus palabras, Vito. Pensé que te estaba ayudando.

–¡No necesito tu ayuda!

Vito caminó hasta la puerta de la biblioteca, la abrió de par en par y añadió:

–Si ves a Eleanor, dile que esta noche cenaré fuera.

Él cerró la puerta y Ava se quedó en el sitio, bañada por la luz de la lámpara de la mesa. Estaba destrozada. Y Vito estaba destrozado. Pero no quería que nadie lo ayudara, y menos que nadie, ella.

Segundos después, oyó que alguien llamaba y abrió. Era Eleanor, se había acercado para devolverle a Harvey.

–Ah, hola... Vito ha dicho que...

–No te molestes, ya lo sé –en ese momento, se oyó el motor de un coche que arrancaba y se alejaba a toda velocidad–. Espero que le hayas dicho la verdad; que la idea de vaciar la habitación fue mía.

–No, no le he dicho nada.

–Pero...

–Aunque la idea fuera tuya, la asumí como propia. Pensé que era lo más adecuado. Olvídalo, Eleanor.

El ama de llaves frunció el ceño.

–Nunca había visto tan enfadado al señor Barbieri. Será mejor que devuelva las cosas de Olly a su sitio.

–No, esperemos a ver lo que dice mañana. Puede que cambie de opinión –declaró–. Y, por si te sirve de algo, creo que hicimos lo correcto.

Ava se inclinó y acarició al perro.

–Harvey tiene un carácter muy bueno –comentó el ama de llaves–. Correré la voz por si alguien lo quiere, aunque creo que deberías quedarte con él.

–No puedo. Mi casero no me lo permite.

Ava lo dijo de forma automática, sin emoción alguna. Intentaba concentrarse en la conversación, pero no dejaba de pensar en las palabras de Vito.

Hasta entonces, nunca la había acusado de ser una asesina. Pero supuso que lo era. El hecho de que no hubiera matado a Olly deliberadamente no la eximía de responsabilidad, ni aplacaba su dolor, tan intenso como cuando despertó aquella noche en el hospital y le dijeron que Olly había fallecido en el accidente.

Tras cenar en el solitario esplendor del comedor del castillo, Ava volvió a la biblioteca, echo un vistazo a las estanterías y eligió una novela de Jane Austen que había leído años antes. Después, desesperada por escapar de sus sombríos pensamientos, bajó al sótano y estuvo nadando un rato en la piscina cubierta.

De vuelta en su habitación, pensó en las comodidades de las que disfrutaba en aquel momento y se acordó de la minúscula celda donde había vivido tres años.

Tenía una cama de metal y una ventana pequeña desde la que se veía otro de los bloques de la prisión. Sonaban timbres cada vez que llegaba la hora de la comida o de salir a hacer ejercicio. Y, a veces, también sonaban alarmas. Sin embargo, el sonido más habitual era el martilleo de la música de fondo y los gritos del resto de las reclusas que, naturalmente, se aburrían de estar tanto tiempo encerradas.

Al recordarlo, se estremeció. Los dos primeros años habían sido una lucha constante por encontrar las fuerzas necesarias para sobrevivir. Más tarde, estableció una rutina, empezó a dar clases a las reclusas que no sabían leer ni escribir y aprendió a apreciar las cosas pequeñas, como las tazas de chocolate caliente y los bocadillos que a veces se podía permitir con sus exiguas ganancias.

Pero también aprendió otra cosa, quizás más importante: a dejar de sentir lástima de sí misma. A fin de cuentas, la cárcel estaba llena de personas que habían sufrido experiencias y situaciones incomparablemente peores que la suya.

El recuerdo de aquellos años la deprimió tanto que, a pesar de que acababa de estar en la piscina, decidió darse un baño en la opulenta bañera de su habitación. Alojarse en Bolderwood se parecía mucho a alojarse en un hotel de cinco estrellas, y quería aprovechar la ocasión porque sabía que la realidad volvería a llamar a su puerta en pocos días.

Ava estuvo mucho tiempo en el agua. Cada vez que se enfriaba, abría el grifo de agua caliente y hacía otro esfuerzo por relajarse. Desgraciadamente, se sentía tan culpable por el asunto del dormitorio de Olly que no lo consiguió.

Vito tenía razón. ¿Quién era ella para tomar una decisión que, en todo caso, le correspondía a él? Había metido la pata hasta el fondo.

Por fin, salió de la bañera, se secó el pelo y puso la alarma del móvil a una hora temprana, pero no tanto como para coincidir con Vito, porque sospechaba que no querría desayunar con ella. Luego, se vistió, sacó a pasear a Harvey y se metió en la cama, donde estuvo leyendo la novela de Austen.

De repente, la puerta se abrió y Harvey soltó un ladrido.

Ava se sentó en la cama, sobresaltada, mientras Vito entraba en la habitación y cerraba la puerta. Harvey volvió a ladrar. Ava se inclinó sobre él y le ordenó que guardara silencio. El animal obedeció y se tumbó en su rincón preferido.

–He visto que había luz y he supuesto que estabas despierta.

Ava miró el reloj. Eran más de las once.

–Me he encontrado con Damien en el pub –continuó–. Ha tenido la amabilidad de traerme a casa en su todoterreno.

Ava estaba tensa como la cuerda de un arco. Vito había hecho algo más que presentarse de improviso en su habitación, se había presentado de improviso y sin más ropa que unos calzoncillos. Pero a pesar de ello, intentó comportarse con naturalidad.

–Ah, sí, Damien... nos cruzamos esta tarde, cuando salí a dar un paseo por los jardines. Es un hombre encantador.

Vito entrecerró los ojos.

–¿Encantador? ¿Ha estado coqueteando contigo?

–Sí, bueno, un poco.

Ava se quedó corta a propósito. En realidad, Damien no había hecho otra cosa que coquetear durante su breve conversación, incluso le había confesado que en el pueblo había tan pocas jóvenes que un día había ido a la iglesia con la esperanza de conocer a más chicas de su edad, pero se había llevado un chasco porque todas eran viejas.

–Le diré que se mantenga alejado de ti.

Ella arqueó una ceja.

–No le digas nada. Fue un coqueteo inocente y,

por otra parte, no tiene la menor posibilidad conmigo.

–¿Seguro?

–Por supuesto.

–Me alegro mucho, porque no soy hombre de una sola noche.

Ava se ruborizó como una adolescente y guardó silencio, sin saber qué decir. Hasta ese momento, no había comprendido que Vito Barbieri no había ido a su habitación para saludarla y decirle que se había encontrado con Damien en un pub, sino para repetir la experiencia de la noche anterior.

–Aunque empiezo a pensar que un revolcón podría ser divertido, *cara mia...* –continuó con malicia.

–No sé. Prefiero experiencias más largas que un simple revolcón.

Él sonrió.

–En eso estamos de acuerdo.

Vito se acercó a la cama, se quitó los calzoncillos, apartó el edredón y se tumbó junto a Ava como si fuera lo más normal del mundo.

–Vito...

Él le pasó un dedo por el cuello y la miró a los ojos.

–Esta noche no quiero dormir solo.

–Ah... –dijo ella, sorprendida por la declaración.

Vito, el hombre que no necesitaba a nadie, el hombre que no escuchaba a nadie y que jamás confesaba una debilidad, le estaba diciendo que aquella noche no quería, o más bien no podía, dormir solo.

Ninguna declaración de afecto le habría resul-

tado más sexy y atractiva que esa confesión inesperada.

—¿Prefieres que me vaya?

—No, no...

—Pero tampoco querrás que me quede porque ar-
días en deseos de acostarte conmigo cuando tenías
dieciocho años y no pudiste, ¿verdad?

Ava sacudió la cabeza.

—Claro que no. Quiero que te quedes porque te
deseo.

—Es que no me gusta la idea de estar aprovechán-
dome de ti... He venido a tu habitación sin pensarlo.
No se puede decir que esté borracho, pero tampoco
que esté sobrio.

—No te preocupes por eso. No me importa que
hayas bebido —declaró con suavidad.

Vito suspiró.

—De acuerdo, pero no creas que me voy a ena-
morar de ti o que te voy a pedir que nos casemos
—le advirtió—. Esto es una aventura amorosa entre
dos adultos que saben lo que hacen. No te hagas ilusiones al respecto, por favor.

Ava le lanzó una mirada llena de ironía.

—Jamás habría imaginado que pudieras ser tan
charlatán... Por Dios, Vito, ya no soy la adolescente
soñadora a quien conociste. He madurado mucho
desde entonces —afirmó—. Además, soy joven y
quiero disfrutar de mi juventud. No tengo intención
de sentar la cabeza hasta dentro de unos años.

—Y yo no tengo intención de sentarla nunca.

Ava se puso de lado y se inclinó sobre él de tal

forma que su melena le cayó sobre el hombro. Estaba encantada con la conversación que mantenían.

–No te preocupes, Vito, no quiero casarme contigo –aseguró–. Solo quiero disfrutar un poco de la vida.

–Está bien... Pero, si Damien Skeel lo vuelve a intentar, dímelo. No quiero que disfrutes un poco de la vida con nadie más –dijo con ironía–, por lo menos, hasta que lo nuestro haya terminado. ¿Entendido?

Ava sintió una punzada de dolor, su relación acababa de empezar y Vito ya estaba hablando sobre su fin. Sin embargo, se recordó que había dejado de ser una niña y que no albergaba esperanza alguna de que perdiera la cabeza y se enamorara apasionadamente de ella. De hecho, no la había albergado en ningún momento, ni siquiera en su adolescencia. Nunca había sido tan inocente.

–¿Siempre te comportas en la cama como si estuvieras en una sala de juntas? Más que a una amante, cualquiera diría que te diriges a un subordinado –comentó con humor.

–Contigo, sí. Te conozco y sé que estás llena de trucos...

Vito se giró hacia ella, la tumbó y le dio un largo e intenso beso.

Ava se sintió minúscula bajo su cuerpo, aplastada por su pecho ancho y por la pierna que le había introducido entre los muslos. Los pezones se le endurecieron y fue increíblemente consciente del contacto de su erección.

La deseaba. No había duda. Y, durante un segundo, se limitó a disfrutar de ese hecho maravilloso.

Él la deseaba y ella lo deseaba a él. Por fin lo había conseguido. Pero, justo entonces, se acordó del tatuaje que se había hecho en la cadera y pensó que debía maquillarse o ponerse algo antes de que lo notara. Si lo llegaba a ver, dejaría de pensar que estaba con una mujer adulta y la tomaría por la misma adolescente de los viejos tiempos.

Vito se sentó en la cama y dijo:

–¿Qué llevas puesto?

–Un pijama.

–Estás mejor desnuda.

Él le empezó a desabrochar los botones y ella permaneció inmóvil, dominada por una timidez repentina.

–Apaga la luz, por favor –le urgió.

Vito le quitó el pijama, contempló su cuerpo desnudo y negó con la cabeza.

–No... Eres una obra de arte y quiero saborear tu visión. Lo de anoche fue tan rápido que no pude.

Ava alcanzó el edredón y se cubrió.

–Es que tengo frío.

–No, no es eso. Dios mío, ¿quién habría imaginado que Ava Fitzgerald era tímida? –Vito le lanzó una mirada llena de humor–. ¡Te has puesto roja como un tomate!

Los ojos azules de Ava brillaron con furia.

–¡Si me vuelves a comparar con un tomate, te enviaré de vuelta a tu habitación!

–Está bien...

Vito soltó una carcajada y le dio un beso ham-

briento que causó una oleada de placer en su cuerpo
más que dispuesto. Ava pensó que, cuando se olvidaba de su disciplina y sus reservas, era un hombre
realmente apasionado.

Tras unos momentos de caricias, él cerró la boca
sobre uno de sus pezones. Ella gimió y arqueó la cadera, instándolo a ir más lejos.

—No, esta vez nos lo vamos a tomar con alma –le
informó.

—¿Con calma? –repitió ella, incrédula–. Deja tu
obsesión de control en la oficina...

—Yo no soy un obseso del control –protestó.

Ava le puso las manos en la cara y clavó la vista
en sus ojos. Él volvió a tomar su boca y luego,
cuando ya la tenía completamente a su merced, empezó a bajar por su cuerpo, besándola y lamiéndola.

Ella no podía ni respirar. Se dio cuenta de que se
dirigía a su entrepierna y le pareció tan embarazoso
que intentó detenerlo, sin éxito.

—Vito, no creo que yo quiera eso...

—Deja que te pruebe unos segundos. Y, mientras,
te lo piensas.

Aún colorada, Ava cerró los ojos y le dio carta
blanca. Vito le separó las piernas, inclinó la cabeza
y lamió la parte más sensible de su cuerpo. Ella estuvo a punto de pegar un salto en la cama, pero él
siguió lamiendo y la excitó tanto y tan deprisa que
llegó al clímax entre gemidos y gritos de placer.

No tuvo tiempo de recuperarse. Vito cambió de
posición y la penetró. Ava jamás había sentido nada
tan intenso, su cuerpo había descubierto un grado
nuevo de sensibilidad y, como ya estaba más que

excitada, los rápidos y potentes movimientos de su amante despertaron en ella una necesidad que, hasta entonces, no había creído posible.

–Me vuelves loco... –dijo él.

Fuera de sí, se aferró a sus hombros y acompañó sus movimientos, deseando más y más, arqueando la cadera y reaccionando a sensaciones que estaban tan cerca del placer como del dolor, hasta que el orgasmo la sorprendió de nuevo.

–En una escala del uno al diez, eso ha sido un veinte –le susurró Vito al oído–. Espero no haber sido demasiado brusco...

Ava lo abrazó. Se sentía inmensamente feliz y satisfecha.

–¿Brusco? Me ha encantado.

–Eres magnífica, *cara mia*.

Vito se apartó, se levantó de la cama y se dirigió al cuarto de baño. Ava se quedó sorprendida, pero sabía que se había puesto un preservativo y supuso que querría tirarlo. Aun así, habría preferido que no la dejara de un modo tan repentino. Y cuando volvió a la habitación con un albornoz puesto, la sorpresa de Ava se convirtió en desconcierto absoluto.

–¿Adónde vas?

–A la cama.

Su respuesta la indignó profundamente.

–Ah, vaya, ¿ya hemos terminado? ¿Te vas porque ya has conseguido lo que querías?

Vito la miró a los ojos.

–No busques problemas donde no los hay. Me voy a mi cama porque estoy acostumbrado a dormir en ella. No te lo tomes como un insulto, por favor.

Ava arqueó las cejas.

—¿Insinúas que nunca has pasado la noche con nadie?

Vito soltó un suspiro.

—Soy un hombre solitario, ya lo sabes.

—Muy bien, te concederé toda la soledad que necesites, pero, permíteme que te diga una cosa, si sales por esa puerta... ¡no me volveré a acostar contigo! —bramó.

Él se quedó anonadado.

—¿Estás hablando en serio?

—Por supuesto que sí —respondió—. Lo tomas o lo dejas.

Vito, que ya había llegado a la puerta, dudó un momento. Luego, se quitó el albornoz, regresó a la cama y se tumbó con ella.

—¿Solo tengo que quedarme contigo? ¿O también esperas que me abrace a ti? —preguntó con sarcasmo.

—Si tienes algún aprecio a tu vida, será mejor que te quedes en tu lado de la cama —le advirtió, tajante.

El silencio cayó sobre ellos. Ava torció el gesto y se maldijo a sí misma por no haber cerrado la boca. Sabía que Vito solo estaba bromeando al preguntar si también quería que la abrazara, pero ya no tenía remedio, se había dejado dominar por el orgullo y, a menos que se le ocurriera algo, iban a pasar la noche sin tocarse.

—Siento haberme enfadado contigo —dijo él en voz baja.

—¿De qué estás hablando?

—De la habitación de Olly.

Ava se relajó un poco.

—Bueno, no debería haberla vaciado sin pedirte permiso.

—Al principio, iba de vez en cuando y me quedaba sentado en la cama —le confesó–, pero, afortunadamente, logré quitarme esa fea costumbre... supongo que ya no había ningún motivo para que dejara la habitación como si Olly siguiera con vida.

—Si te sentías mejor, ¿por qué dejaste de ir a su habitación?

—Porque no es sano —dijo.

Ava sintió la necesidad de darle un abrazo, pero dio por sentado que la rechazaría y no movió un músculo.

—Te equivocas, Vito, era completamente natural. Olly había muerto, pero seguía en tu mente... Sé sincero. No dejaste de ir porque te pareciera inadecuado, sino porque tenías miedo de sentir, ¿verdad?

—Yo no tengo miedo de sentir —protestó.

Ava sacudió la cabeza. Sabía que Vito se había comportado como un hombre típico, como no soportaba el dolor, lo había negado por completo y se había encerrado en sí mismo, pensando que era la mejor forma de afrontar el problema.

—¿Seguro que no?

—Seguro.

Vito bufó y se preguntó por qué permitía que Ava lo arrastrara a conversaciones que no mantenía con nadie más.

Ava sonrió y se quedó dormida.

Capítulo 7

CINCO días después, mientras se moría de aburrimiento en una reunión, Vito consideró la posibilidad de regalarle unas flores a Ava, pero la desestimó porque le pareció un gesto demasiado anticuado.

Impaciente, echó un vistazo a un reloj. Estaba pensando que aún tenía cinco horas de trabajo por delante cuando su imaginación le ofreció una imagen de Ava reclinada en la cama y con una lencería de lo más sexy. Desgraciadamente, sabía que era demasiado tímida como para agradecer un regalo así, y no se le ocurría nada mejor. El típico recurso de la caja de bombones le parecía aburrido y previsible.

Empezaba a estar desesperado por la falta de ideas y porque le molestaba invertir tanta energía en un asunto tan baladí. ¿Qué podía necesitar? Sin duda, ropa. Pero, si le compraba ropa, se lo tomaría como una agresión a su independencia o un intento por imponerle sus gustos.

—¿Señor Barbieri?

Vito miró al ejecutivo que se dirigió a él con un vacío mental propio de una persona sin experiencia en reuniones de negocios. Se preguntó si estaría enfermo, si se habría acatarrado o si habría trabajado en exceso y estaba más cansado de la cuenta, sobre todo porque últimamente no dormía mucho.

Sin embargo, su falta de sueño y su cansancio no se debían al trabajo, sino a sus largas sesiones de sexo con Ava Fitzgerald. Y no estaba dispuesto a renunciar a ellas. Por lo menos, mientras siguiera bajo su techo.

Se levantó del sillón, miró a la concurrencia y dijo:

–Disculpadme. Tengo algo urgente que hacer.

Ese mismo día, Ava estaba desayunando cuando tomó una decisión significativa: ir a ver a su padre. Era sábado, y sabía que los sábados por la mañana se quedaba en casa y se dedicaba a leer los periódicos.

Sus nervios y su sentimiento de culpabilidad la habían mantenido lejos de su antiguo hogar, pero el factor principal era su miedo al rechazo. El juicio, la sentencia condenatoria y los artículos que había publicado la prensa tres años antes le habían ganado el desprecio de su familia y especialmente de su padre, que trabajaba para el departamento de contabilidad de Vito y tuvo miedo de que lo sucedido le impidiera ascender en el escalafón.

Ava no esperaba que la recibieran con una alfombra roja, pero quería pedirles disculpas y ver si existía alguna posibilidad de restablecer los lazos familiares que, por otra parte, nunca habían sido demasiado estrechos.

Además, su nueva vida la animaba a afrontar las cosas con más optimismo. Estaba muy ocupada, pero la organización de la fiesta iba viento en popa y ya había empezado a decorar el castillo de Bolderwood. Desgraciadamente, no dejaba de pensar en Vito Barbieri. Una y otra vez, se recordaba que su relación terminaría tras la fiesta y que no debía enamorarse de él bajo ningún concepto y, una y otra vez, se sorprendía albergando esperanzas.

–Maldita sea...

Dejó la taza de café a un lado y se dijo que no permitiría que Vito le rompiera el corazón. Estaba segura de que, si se dejaba llevar por sus fantasías románticas, terminaría por lamentarlo. Con excepción de Olly, todas las personas a las que había querido la habían traicionado en algún momento.

Sin embargo, no podía negar que se había encariñado de él. Vito insistía en llevarla a cenar y a visitar lugares de lo más diversos, y ella se sorprendía siempre porque había dado por sentado, equivocadamente, que no era un hombre cariñoso.

Con el paso de los días, algunos de los empleados de Bolderwood se habían dado cuenta de que mantenían una relación. Ava no lo encontraba preocupante, porque sabía que el rumor tardaría en extenderse y que, para entonces, ya estaría lejos del castillo, pero, a pesar de ello, procuraba que no los vieran en público. Era consciente de que algunos habrían organizado un escándalo de haber sabido que Vito se acostaba con la responsable de la muerte de Olly.

Cada vez que se veían, ella se repetía que lo suyo

era una simple aventura amorosa, aunque mucho más intensa de lo que habría creído posible. Vito no le podía quitar las manos de encima y, a decir verdad, a ella le ocurría lo mismo.

Cuando salía del trabajo, Vito le dedicaba todo su tiempo libre, incluso había empezado a salir antes para estar más tiempo juntos. Como los dos eran personas de carácter, discutían con frecuencia, pero dormían juntos todas las noches y cada vez estaban más unidos. Ava sabía que la quería y que se preocupaba por ella, pero no dejaba de pensar que el sexo era lo único que tenían en común.

Ahora, a apenas seis días de la fiesta, estaba convencida de que había afrontado el asunto de un modo razonable y de que se podría separar de él sin perder la compostura. No había olvidado que su antigua obsesión por Vito le había hecho perder el control y había terminado en un accidente de consecuencias trágicas.

Cuando terminó de desayunar, se levantó de la silla y salió del castillo. La casa de su familia estaba a tres kilómetros de Bolderwood, a las afueras del pueblo, así que decidió ir andando. Damien Skeel había dado órdenes para que tuviera un vehículo con chófer a su disposición, pero no quería tener testigos de su visita; especialmente, porque temía que su padre le cerrara la puerta en las narices.

Al llegar, respiró hondo y llamó al timbre.

Se llevó una sorpresa cuando la puerta se abrió y apareció una desconocida, una rubia de mediana edad. Por un momento, pensó que su padre se había mudado.

–Buenos días. Estoy buscando a Thomas Fitzgerald... ¿sabe si se ha mudado?

–Claro que no. Yo soy su esposa –contestó la mujer, sonriendo–. ¿Con quién tengo el placer de hablar?

Ava tuvo que hacer un esfuerzo para no quedarse boquiabierta. No sabía que su padre se hubiera casado otra vez.

–Soy su hija pequeña, Ava.

La sonrisa de la mujer se esfumó al instante.

–Ah... ¡Tom! ¡Ava esta aquí!

El padre de Ava, un hombre alto y de ojos azules, llegó en cuestión de segundos.

–Ya me encargo yo, Janet –dijo–. Entra en casa, Ava.

La voz de Thomas Fitzgerald sonó tan poco amigable como podía sonar, pero Ava pensó que el simple hecho de que la dejara entrar en la casa era todo un triunfo. Su padre la llevó al comedor y se puso detrás de la larga mesa, justo en la cabecera, en una de sus viejas y típicas tácticas de distanciamiento.

–Supongo que querrás saber por qué estoy aquí –dijo ella.

–Si has venido por dinero, has venido al lugar equivocado –declaró con frialdad.

Ella sacudió la cabeza.

–El dinero no tiene nada que ver con mi visita, papá. Ya he cumplido mi pena de cárcel. He dejado atrás el pasado y, aunque sé que causé muchos problemas a la familia, me ha parecido que...

Ava no pudo terminar la frase. Su padre la miraba con tanto desagrado que no pudo encontrar las palabras.

–Sí, sí, ya imaginaba que aparecerías algún día con tus lágrimas de cocodrilo. Pero seré breve, por el bien de los dos... Yo no soy tu padre. Y, en consecuencia, no tengo ninguna obligación hacia ti.

Ava se sintió como si la tierra se abriera bajo sus pies.

–¿Qué has dicho?

–Que no soy tu padre.

–¿De qué diablos estás hablando?

–De la verdad. Lo mantuvimos en secreto mientras tu madre estuvo con vida, pero ya no hay necesidad de mantener esa farsa –dijo con satisfacción–. Mi esposa y tus hermanastras saben que no formas parte de nuestra familia.

–No entiendo nada...

–Gemma se acostó con un tipo una noche y se quedó embarazada de él. Y, antes de que me lo preguntes, te diré que no sé quién era. Ni tu propia madre se acordaba. Estaba borracha, como tantas veces.

–¿Que se acostó con...? –dijo, incapaz de creerlo.

–Sé que suena sórdido, pero no es culpa mía. Te estoy diciendo la verdad, Ava –insistió–. Cuando tenías siete años, te hicimos un análisis de ADN para salir de dudas. No eres hija mía. No lo has sido nunca.

–Pero ¿cómo es posible que nadie me lo dijera? –acertó a preguntar, confundida–. Y, si lo que dices es cierto, ¿por qué no te divorciaste de mi madre?

–¿De qué habría servido un divorcio? –su voz sonó cargada de amargura–. Era una alcohólica y yo tenía dos hijas que seguramente habrían quedado a su cargo si nos hubiéramos divorciado. Además, no quise dar pie a las habladurías de la gente... Me lo tragué e intenté salvar nuestro matrimonio. Incluso me porté contigo como si fuera tu padre.

Ava reaccionó con indignación.

—Eso no es cierto. Nunca me quisiste.

—¿Cómo te iba a querer? —rugió, dominado por la ira—. Eras la hija de otro hombre. A tu madre la soporté porque me había casado con ella y me sentía responsable de lo que le pudiera pasar. Al fin y al cabo, estaba sola en el mundo... Pero te aseguro que hice mucho más de lo que esa ingrata merecía.

La puerta del comedor se abrió. Era Janet.

—Thomas, creo que ya has dicho demasiado —declaró con calma—. Esta chica no tiene la culpa de lo que pasó.

Ava se dio la vuelta y dijo:

—Será mejor que me vaya.

—Sí, creo que es lo mejor, querida. Tu presencia es un recordatorio de unos tiempos muy difíciles para mi marido.

Ava salió rápidamente de la casa, sintiéndose tan mareada como si le hubieran dado un golpe en la cabeza.

Por fin, todo estaba claro. Ahora entendía que su padre no la hubiera querido nunca y que su madre siempre hubiera mostrado predilección por Gina y Bella. Por eso la habían enviado a estudiar lejos de casa y por eso la habían excluido cuando tuvo el accidente que costó la vida a Olly.

No formaba parte de la familia Fitzgerald.

Su vida había sido una farsa y no podía hacer nada al respecto. No había puentes que tender, lazos que estrechar.

Sus sueños infantiles se habían esfumado de repente.

Vito volvió a Bolderwood en helicóptero. Tras advertir al piloto de que volvería a Londres minutos después, descendió del aparato y se dirigió a la entrada principal.

Damien Skeel estaba sentado al volante de su todoterreno.

—Hola, Vito...

—Hola.

—¿Sabes dónde está Ava?

—¿Por qué lo preguntas?

—Porque se suponía que debía pasar a recogerla a la una, pero me han dicho que ha salido —contestó.

Vito arqueó una ceja.

—¿Y adónde la pensabas llevar?

—A buscar un árbol de Navidad para la fiesta —respondió, sonriendo—. Aunque también tenía la esperanza de que quisiera comer conmigo...

Vito respiró hondo e intentó mantener la calma. Era evidente que Damien no estaba informado de su relación con Ava.

—No te preocupes por el árbol. Ava y yo lo elegiremos juntos.

Damien frunció el ceño, sorprendido.

—De acuerdo... si la ves, dile que he venido a buscarla.

Vito apretó los dientes, pero guardó silencio y siguió hacia la puerta del castillo mientras Damien arrancaba el vehículo y se iba. Estaba furioso con Ava. Incluso consideró la posibilidad de que se sintiera atraída por el encargado de la propiedad y de que por eso se negara a aceptar que mantenía una relación con él.

Evidentemente, no se parecía nada a las mujeres con las que había salido hasta entonces, siempre dispuestas a aprovechar cualquier oportunidad de que las vieran a su lado. Ava se mantenía en la sombra y se comportaba de un modo tan independiente que no le llamaba por teléfono, no le enviaba mensajes de texto y ni siquiera le preguntaba a qué hora pensaba volver a casa.

Sin embargo, Vito intentó convencerse de que le parecía bien. Una relación sin exigencias, sin ambiciones desmesuradas y, desde luego, sin intenciones ocultas. Con Ava no había ni trampa ni cartón.

Ya estaba a punto de entrar en la mansión cuando oyó pasos en el camino y supo que era ella. Iba a pie y llevaba unos vaqueros viejos y una chaqueta verdaderamente horrible, pero nada podía eclipsar la gracia de sus movimientos y la belleza delicada de sus rasgos bajo su cabellera rojiza.

–Ava...

Perdida en sus pensamientos, Ava alzó la cabeza y parpadeó, sorprendida de verlo en Bolderwood a una hora tan temprana. En general, Vito era como los vampiros, solo se dejaba ver de noche.

En cuanto se repuso de la sorpresa, sintió la ne-

cesidad de acercarse y arrojarse a sus brazos; todo
en él era magnífico, desde su cabello negro hasta
sus zapatos, pasando por su traje. Pero como siempre, se refrenó; si él se empeñaba en mostrarse impasible, ella se mostraría más impasible todavía.

Vito echó los hombros hacia atrás y le dedicó
una sonrisa que, en circunstancias normales, habría
despertado su desconfianza.

—Nos vamos de compras —afirmó.

Ella volvió a parpadear. Desconocía sus intenciones, pero no sintió la menor curiosidad al respecto, la conversación con Thomas Fitzgerald la había dejado tan vacía que no le importaba nada.

—Y, ya que estás aquí, nos podemos ir cuando
quieras...

Vito bajó los escalones de la entrada y la tomó
de la mano, pero Ava se apartó al instante.

—No... alguien nos podría ver.

—Oh, vamos... —protestó él, molesto—. Ha sido un
gesto inocente, no un intento de que nos demos un revolcón.

—No seas grosero.

Vito suspiró. Tras toda una vida de tener que soportar a mujeres vanas, avariciosas y desleales que,
sin embargo, habrían hecho cualquier cosa por estar
con él, ahora se encontraba con una pequeña joya
que hacía cualquier cosa con tal de mantener las distancias. Pero Vito no era un hombre que se rindiera
con facilidad. Abrió los brazos y los cerró alrededor
de su cuerpo, aprisionándola.

—¿Qué...? ¿Qué estás haciendo?

Vito aprovechó el elemento sorpresa, no se podía

permitir el lujo de fallar en esos casos, porque ella bajaba la guardia muy pocas veces.

La besó con una necesidad aparentemente insaciable, cuya descarga atravesó las barreras de Ava y le causó un escalofrío. Sus pechos se pusieron tensos y su sexo se humedeció. Vito era tan sexy que solo tenía que tocarla para que ella deseara arrastrarlo a la cama.

Él se frotó contra su cuerpo, haciéndole saber que estaba excitado, pero el contacto de su erección le hizo recordar que estaban en la entrada del castillo, a la vista de cualquiera que se asomara a una ventana.

–¡No! –exclamó–. Podrían vernos.

Vito no se dejó desalentar por su negativa, la tomó otra vez de la mano y la llevó hacia el helipuerto.

–¿Adónde vamos? –se interesó ella.

–Ya te lo he dicho. Vamos de compras.

–Sí, pero... ¿adónde?

–A Londres.

Ava miró el aparato con desconcierto.

–¿Y vamos a ir en helicóptero?

–Así llegaremos antes.

Ella sacudió la cabeza.

–No estoy de humor, Vito.

–Mañana es tu cumpleaños. Dame el gusto por una vez.

Ava pensó que probablemente quería comprarle un regalo y decidió no complicarle las cosas. Era todo un detalle.

–Está bien...

Tras ayudarla a subir al helicóptero, Vito le puso el cinturón de seguridad y preguntó:

–¿Te ocurre algo? Esta mañana estás muy callada.

–No me pasa nada.

El aparato se alzó ruidosamente en el aire y Ava pensó que ninguna fuerza física le podría haber arrancado la historia que Thomas Fitzgerald le había contado minutos antes. No tenía intención de contárselo a Vito; en primer lugar, porque Thomas trabajaba para él y, en segundo, porque una revelación de tanta importancia no encajaba en una aventura más cercana al sexo que al amor.

En cuanto a ella, tendría que acostumbrarse al hecho de que desconocía la identidad de su padre y de que carecía de los recursos necesarios para encontrarlo.

Volvió a mirar a Vito y le pareció extraño que quisiera ir de compras. Por lo que tenía entendido, la mayoría de los hombres detestaba ir de compras. Sin embargo, pensó que el viaje a Londres serviría para despejar su cabeza de pensamientos sombríos.

Tomaron tierra en el helipuerto de un centro comercial muy conocido, y ella se llevó una nueva sorpresa al descubrir que Vito había hablado con la encargada de una boutique para que los esperara en su establecimiento. La mujer interrogó amablemente a Ava para hacerse una idea de sus gustos, pero solo consiguió algunas respuestas vagas que dejaron bien patente su falta de interés.

Decidido a no desaprovechar la oportunidad, Vito intervino para darle unas cuantas ideas sobre colores y modelos y se dedicó a asentir o a sacudir la cabeza a medida que la encargada les enseñaba sus productos. Ava se probó unos cuantos y, tras comprobar que le quedaban bien, los dejaron en el mostrador. Fue un proceso relativamente rápido, porque Vito compraba tan deprisa como trabajaba.

Mientras los ayudantes de la encargada guardaban las prendas, ella se mantuvo distante y ensimismada como si aquello no fuera con ella. Vito se armó de paciencia e intentó convencerse de que, a diferencia de la inmensa mayoría de las mujeres, Ava Fitzgerald no sentía el menor interés por la ropa que llevaba.

Concluida la primera fase de su plan, que incluyó la compra de varios bolsos y zapatos y de un vestido de terciopelo verde que a él le pareció perfecto para la fiesta de Navidad, llegó el momento de pasar a la lencería.

Vito se giró hacia ella porque dio por sentado que, tratándose de ropa interior, querría elegirla personalmente. Y se quedó aturdido al ver sus lágrimas.

Ni siquiera parecía consciente de que estaba llorando en un lugar público.

Capítulo 8

A PETICIÓN de Vito, la encargada de la boutique los llevó a una habitación privada y se ofreció a llevarles un té.

Vito puso las manos en los hombros de Ava, que se comportaba como una sonámbula, y la sentó en un sillón. Después, alcanzó la cajita de pañuelos que estaba en la mesita y la dejó entre sus temblorosas manos.

–*Per l'amor di Dio*, ¿qué ha pasado?

Ava sacó un pañuelo y se secó los ojos.

–Nada, nada... discúlpame.

–No, discúlpame tú por haberte llevado de compras en un momento tan obviamente inoportuno. Se suponía que debía ser divertido para ti, *cara mia*.

Ava se miró las manos.

–Siento haber llorado en público. Habrá sido un momento muy embarazoso para ti... me extraña que no te hayas ido.

Vito se puso de cuclillas delante de Ava y le alzó la barbilla con un dedo para poder mirarla a los ojos.

–¿Tan mala opinión tienes de mí? Admito que he sentido pánico durante un segundo, pero nunca te dejaría sola en estas circunstancias. ¿Qué ha pasado, Ava?

–No es algo de lo que quiera hablar. Pero no te preocupes, ya estoy mejor –respondió–. Ni siquiera me había dado cuenta de que estaba llorando.

–¿Es que estás embarazada?

Ava soltó una carcajada, sorprendida.

–Por supuesto que no. Hemos usado preservativos y, además, solo llevamos una semana juntos. ¿Cómo voy a estar embarazada?

–Esas cosas pasan...

Alguien llamó a la puerta. Vito la abrió, se hizo cargo de la taza de té prometida y la dejó en la mesita, delante de Ava.

–Sí, ya sé que pasan, pero ese no es el problema.

–Entonces, ¿cuál es?

–No tiene nada que ver contigo ni con nuestra relación.

–Aunque no tenga nada que ver...

Ava lo interrumpió.

–Olvídalo. Ya me he recuperado. Estoy perfectamente bien.

–Estás cualquier cosa menos bien –le contradijo–. Nos iremos de aquí en cuanto te tomes el té, pero no creas que voy a olvidar el asunto. Necesito saber lo que ha pasado.

Ava alcanzó la taza y probó el té.

–Vamos, Vito... nosotros no tenemos ese tipo de relación.

–¿Y qué tipo de relación tenemos?

–Una relación divertida, pasajera.

Vito la miró con enfado.

–Tus problemas me interesan, Ava.

–¿Por qué? –preguntó con franqueza–. No se

puede decir que lo nuestro sea precisamente el amor del siglo.

Vito se quedó rígido, apretando los labios.

–¿Y ahora te haces el ofendido? –siguió ella con tono de irritación–. No seas cínico. Seguro que te encantaría decirme adiós en este mismo momento.

Los ojos de Vito brillaron.

–¿Se puede saber qué demonios te pasa?

–No me pasa nada. Te estoy ofreciendo una salida fácil.

–Cierra la boca de una vez. Estás diciendo tonterías.

Ava se levantó del sillón como impulsada por un muelle.

–¿Qué has dicho? –rugió.

–Que te calles de una vez –repitió Vito, implacable–. Recogeremos las compras y nos iremos de aquí..

Ava abrió la boca con intención de plantarle cara, pero guardó silencio porque, en ese preciso instante, se dio cuenta de que estaba haciendo trampas a Vito y de que también se las estaba haciendo a sí misma. No había provocado una discusión porque le quisiera ofrecer una salida fácil, como había afirmado, sino para tener una excusa que le ahorrara sus últimos días en Bolderwood.

De repente, no pudo soportar la idea de separarse de Vito allí mismo, sin esperar más. Se dijo que el momento y el lugar importaban poco, que no habría gran diferencia, pero le dio tanto miedo que se quedó sin habla.

–En cuanto salgamos, te llevaré al castillo –continuó él.

Ava se vio en un espejo de cuerpo entero y se ruborizó, pensando que su aspecto era más propio de una quinceañera que de una joven a punto de cumplir los veintidós. La chaqueta y los vaqueros que llevaba no podían ser más cochambrosos. Y lejos de sentirse avergonzado por su compañía, Vito la había llevado a un lugar público porque tenía la ilusión de hacerle un regalo de cumpleaños.

Definitivamente, no se había portado bien con él.

–No... no hay prisa –declaró en voz baja–. Aún falta la lencería, ¿verdad?

Vito la miró con perplejidad, sin entender nada, cuando ella salió de la habitación y empezó a elegir la lencería.

No sabía lo que le estaba pasando, no sabía si llegaría a entenderla alguna vez y ni siquiera sabía por qué la quería entender, teniendo en cuenta que siempre ponía tierra de por medio cuando surgían complicaciones sospechosas en una relación.

Tras elegir unas cuantas prendas de lencería, Ava alcanzó las bolsas donde estaban los vestidos y los zapatos y entró en un probador. Todo era tan caro que se preguntó si Vito no habría perdido la cabeza; le parecía increíble que hiciera semejante dispendio con una mujer con quien solo iba a estar unos cuantos días más. Pero pensó que serían unos días muy apasionados, sonrió con picardía y se cambió de ropa.

Vito y el resto de los hombres que estaban en la tienda se giraron para admirarla. Estaba sencillamente impresionante con el vestido ajustado, la chaqueta y los zapatos de tacón alto que había elegido.

–¿Te puedo hacer el amor en la limusina? –preguntó él con humor

Ava rio. Sabía que tenía buen aspecto, y estaba agradecida a él y a la encargada de la boutique por haberle elegido una ropa tan bonita. Al fin y al cabo, ella no tenía experiencia con ese tipo de cosas.

–¿La limusina? Pensaba que volveríamos en el helicóptero.

–No, he llamado al chófer para que venga a recogernos –le informó–. Pero aún no has contestado a mi pregunta...

–No, no puedes.

Salieron de la tienda con todas las bolsas, cruzaron el centro comercial y se dirigieron a la limusina, que ya los estaba esperando. Aún no habían entrado en el vehículo cuando un hombre gritó:

–¡Vito!

Ava y él se giraron hacia el desconocido, que aprovechó la ocasión para sacarles una fotografía y desaparecer a toda prisa entre la multitud.

–Oh, no...

Vito abrió la portezuela trasera. Ava se sentó y él se acomodó a su lado.

–¿A qué ha venido eso? –preguntó ella.

–Supongo que sería un paparazi. Pero, sinceramente, no sé por qué querría sacarnos una foto; la prensa no siente interés por mí.

–Sin embargo, te ha llamado por tu nombre. Es evidente que te conocen bien.

Vito se encogió de hombros.

–Las únicas publicaciones en donde aparezco son los periódicos de economía, y solo cuando estoy en compañía de una famosa... pero hace tiempo que no salgo con ese tipo de mujeres –dijo, frunciendo el ceño–. Además, tú me conoces de sobra, sabes que soy muy celoso de mi intimidad.

–Pues dudo que ese periodista estuviera interesado en mí...

–¿Por qué dices eso? Estás impresionante.

Ella se sintió tan halagada que volvió a sufrir un acceso de timidez y desvió rápidamente la conversación.

–¿Adónde vamos ahora?

Vito hizo caso omiso de su pregunta.

–Estás realmente guapa –insistió–. Y yo estoy dispuesto a repetírtelo tantas veces como sea necesario hasta que lo reconozcas.

–Perderás el tiempo, Vito. ¿Adónde vamos?

Vito suspiró.

–Bueno, originalmente tenía intención de que pasáramos la noche en mi piso, pero supongo que deberíamos regresar al castillo.

–¿Tienes un piso en Londres? No lo sabía.

–Resulta bastante útil cuando me quedó trabajando hasta tarde o acabo de volver de un viaje al extranjero... Sin embargo, no creo que estés de humor para salir por ahí.

–No, no lo estoy. Si no te importa, prefiero ir a...

–A casa –se le adelantó–. Eso está hecho. Como ves, soy capaz de adaptarme rápidamente a las circunstancias.

Ava cerró los puños sobre su chaqueta y se recordó que la mansión adonde iban no era de ella, sino de él. Ella no tenía nada que se pareciera remotamente a un hogar. Ya lo sabía antes de tomar la decisión de ir a ver a Thomas, pero su encuentro había borrado toda sombra de duda. Ni siquiera era su padre.

Al notar la tensión de Ava, Vito sintió el deseo de tomarla por los hombros y sacudirla hasta que le dijera lo que había pasado. ¿Por qué se empeñaba en guardar silencio? Le parecía una actitud irracional. Cuanto antes se lo dijera, antes podrían afrontar el problema en cuestión y, con suerte, superarlo.

Ya estaba anocheciendo cuando entraron en el castillo de Bolderwood. Al traspasar la enorme puerta, Ava se sintió tan segura que lo encontró ridículo. Los empleados de Vito habían encendido el fuego en la chimenea del vestíbulo, y las llamas proyectaban una luz anaranjada sobre las flores que adornaban la repisa.

Harvey apareció de repente y corrió hacia ellos, pero no la saludó en primer lugar a ella, que a fin de cuentas era su ama, sino a Vito. Por lo visto, había hecho buenas migas con él.

—Eh, que me vas a llenar de pelos... —protestó.

—No lo puede evitar —dijo Ava—. Es muy cariñoso.

Harvey miró a Vito con sus grandes y cálidos ojos marrones y Vito suspiró.

—Está bien. Se puede quedar.

Ava se quedó sorprendida.

—¿Aquí? ¿En serio?

—No lo habría dicho si no estuviera hablando en serio —ironizó.

Ella soltó un grito de alegría y se lanzó a los brazos de su benefactor.

–¡No te arrepentirás! –declaró, encantada–. Es un perro leal, y te protegerá de cualquiera que te amenace.

Vito observó a Ava con detenimiento, asombrado por su repentino cambio de humor y de actitud.

–Nadie me ha amenazado nunca.

–Pero nunca se sabe.

–En fin, tendré que buscarle un lugar donde pueda dormir.

–Seguro que quiere dormir junto a tu cama...

–No, nada de eso... –Vito la tomó entre sus brazos y la besó brevemente–. Tú puedes dormir conmigo siempre que quieras, pero solo tú, sin más compañía.

Él la besó de nuevo y le pasó la lengua por el labio inferior; ella echó la cabeza hacia atrás, invitándolo a seguir. Entonces, Vito cerró las manos sobre su trasero, la levantó y la apretó contra su erección.

–Vamos a la cama. Ahora –le susurró al oído–. No puedo esperar.

Ava cerró las piernas alrededor de su cintura y dejó que la llevara al dormitorio; la atracción que sentía se había vuelto tan intensa que su cuerpo reaccionaba a las caricias de Vito mucho antes de que su mente pudiera intervenir. Ya no podía controlar la urgencia y la necesidad desesperada que la devoraban.

Al llegar a la habitación, él la tumbó en la cama y Ava se quitó los zapatos, la chaqueta y el vestido sin vergüenza alguna, deseando hacer el amor. Él se quedó de pie y se desnudó con rapidez, tan desinhibido como ella; luego, se inclinó y besó sus labios mientras le iba quitando poco a poco la nueva y delicada lencería.

Sus dedos juguetearon con los pezones de Ava y se introdujeron entre sus muslos, arrancándole gemidos.

–Eres tan sexy... –susurró–. Nunca había conocido a una mujer como tú. Te deseo tanto que ardo por dentro.

Entonces, le alzó las piernas y empezó a acariciarle el clítoris. La respiración de Ava se volvió rápida y entrecortada mientras su cuerpo iba acumulando una energía tan intensa que casi resultaba dolorosa.

–¿Te gusta, Ava?

Ella volvió a gemir. Él le acarició los pechos sin dejar de masturbarla.

–Vito... te lo ruego...

Vito no necesitó que se lo volviera a rogar. Cerró las manos sobre sus caderas y la penetró con una acometida seca y profunda.

Para Ava, los minutos posteriores fueron una sucesión de oleadas de placer que la envolvieron por completo. Y cuando el orgasmo llegó, lo hizo con una potencia que la dejó completamente agotada; en gran medida, porque Vito alcanzó el clímax casi al mismo tiempo y soltó un grito salvaje.

Tras unos momentos de silencio, él le dio un beso en el cuello y dijo:

–Tu pasión es una compañera perfecta de la mía.

Vito se disponía a besarla otra vez cuando se

quedó repentinamente inmóvil. Ava se extrañó y lo miró a los ojos.

–¿Qué ocurre?

–Que acabo de verlo, Ava.

–No te entiendo...

Vito la puso boca abajo.

–Ya te has quitado la tirita que tenías. Pensé que sería por alguna herida... ¿Quién iba a imaginar que era un tatuaje?

Ava se puso boca arriba tan deprisa como pudo. Ella no se había quitado la tirita, pero era obvio que se le había caído en algún momento, seguramente, en la ducha.

Y ya no tenía remedio.

Lo había visto.

Era un corazón atravesado con una flecha y, en la flecha, había un nombre: Vito.

–No soy muy amigo de los tatuajes –continuó él–, pero creo que podré soportar el hecho de que lleves mi nombre en la cadera.

Ella no dijo nada. Estaba demasiado avergonzada.

–¿Cuándo te lo hiciste?

Ava se sentó y cerró los brazos alrededor de las rodillas, en un gesto defensivo.

–Cuando tenía dieciocho años. Estaba de vacaciones en España y me emborraché con unas amigas. En su momento, me pareció una gran idea, pero luego...

–Comprendo.

–Me he arrepentido muchas veces desde entonces.

Vito sonrió con picardía.

–Pues a mí me gusta. Reconozco que despierta algo primitivo en mi interior.

Ava hizo caso omiso de su comentario.

–Me lo quitaré cuando tenga dinero –afirmó.

–Oh, vamos, no es para tanto –dijo él, quitándole importancia–. Eras muy joven.

–Pero no me contenté con un tatuaje normal. ¡Tuve que tatuarme tu nombre! –se lamentó–. ¿Te imaginas lo que habría pasado si hubiera conocido a otro chico y...

Ava se detuvo un momento. Acababa de ver la hora en el despertador de la mesita.

–¡Oh, no!

–¿Qué pasa?

–Que había quedado con Damien y lo he olvidado por completo.

–Descuida. Yo te llevaré a buscar el árbol.

Ava se quedó boquiabierta.

–¿Tú?

Él arqueó una ceja.

–Sí, yo. ¿Qué tiene de raro?

–Que no te pega lo de buscar árboles de Navidad.

Vito no se molestó en negarlo. Ava sabía perfectamente que no le gustaba la parafernalia navideña.

–No tenía elección. Es obvio que a Damien le gustas.

Esta vez fue ella quien sonrió.

–No te preocupes por Damien, no tiene la menor posibilidad. Aunque me divierte que seas tan posesivo.

–¡Yo no soy posesivo! ¡Yo... !

Vito se quedó pálido y la miró con consternación.

–¡Oh, no! ¡Hemos hecho el amor sin preservativo!

Ava se llevó las manos a la cabeza, pero se tranquilizó un poco cuando echó cuentas.

–Seguro que no pasa nada. No estoy en mi momento más fértil.

–Puede que no, pero cualquier momento puede ser peligroso si no se tiene cuidado –le recordó–. No me lo puedo creer. Es la primera vez que lo olvido.

–Bueno, yo tampoco me he dado cuenta. Y por otra parte, siempre hay una primera vez para todo.

Vito guardó silencio. Jamás, con ninguna mujer, había cometido el error de olvidar el preservativo. Pero Ava tenía algo que lo empujaba a bajar la guardia y a suspender su desconfianza natural.

¿Qué pasaría si se quedaba embarazada?

Respiró hondo y se dijo que ya afrontaría el problema si se llegaba a presentar. A fin de cuentas, no era un adolescente; era un hombre adulto que no se dejaba llevar por el pánico.

A la mañana siguiente, Ava se quedó conmocionada al ver la ingente colección de ropa y complementos que le esperaba en una esquina del dormitorio. Ni siquiera sabía qué había empujado a Vito a hacerle un regalo como ese. Solo estaría con él una semana más, pero le había comprado más ropa de la que necesitaría en varios años de uso continuado.

Tras guardarlo todo en el armario, eligió unos vaqueros, un jersey de lana y una chaquetilla y se los puso para bajar a desayunar.

–Feliz cumpleaños –dijo él al verla–. ¿Estás segura de que quieres que salgamos a buscar el árbol de Navidad? Hace un día bastante frío.

–Queda poco tiempo para la fiesta y voy a estar muy ocupada –respondió–. Me gustaría tenerlo cuanto antes.

Ava tuvo que hacer un esfuerzo para no mirarlo como una tonta. Solo habían pasado cuarenta minutos desde que se separaron para ducharse y vestirse, pero le pareció más guapo que nunca. Los duros rasgos de su cara se aliaban con la intensa oscuridad de sus ojos para darle un atractivo tan carismático que encendía cada milímetro de su piel.

Le gustaba tanto que no podía pensar con claridad. Y como tantas veces, se dijo que debía encontrar la forma de mantener las distancias.

Vito se acercó y le ofreció una silla para que tomara asiento, en un gesto de cortesía que la puso nerviosa. En su opinión, la trataba como si creyera que necesitaba de sus cuidados, pero se lo permitía porque sospechaba que, en el fondo, lo hacía por simple caballerosidad.

–Esta mañana vamos a desayunar crepes. Eleanor me ha dicho que te encantan.

Ava se emocionó sin poder evitarlo. Hasta ese momento, nadie se había tomado tantas molestias para celebrar su cumpleaños, ni siquiera su madre, quien siempre la había tratado con frialdad, como si su presencia le resultara incómoda. Y ahora sabía por qué.

En muchos sentidos, había sido una niña maltratada. Estaba desatendida y ni siquiera contaba con el cariño de sus hermanas, que dormían frecuentemente en casa de alguna amiga y la dejaban a solas con una madre alcohólica.

Pero no quería pensar en eso, de modo que se sentó y dio buena cuenta del desayuno que le habían preparado.

Cuando terminó de comer, Vito sacó una cajita y la dejó junto a su plato.

–¿Qué es esto? –preguntó ella.

–Ábrela y lo sabrás.

Ava no necesitaba abrirla para saber que contenía algún tipo de joya.

–Oh, Vito, no quiero más regalos. Me siento mal cuando malgastas el dinero conmigo... –le confesó.

–No malgasto el dinero. Pero en este caso, no me ha costado nada.

Intrigada, Ava alcanzó la cajita, la abrió y se llevó una de las mayores sorpresas de su vida. Era una medalla de Olly, su medalla de San Cristóbal.

–Oh, no... no la puedo aceptar...

Vito le quitó la medalla, le apartó el cabello y se la puso al cuello, poniendo fin a su conato de protesta.

–Así tendrás algo que te lo recuerde –dijo él.

Ava cerró los dedos sobre la cadena, emocionada por su gesto. Significaba que había dejado de ser la mujer que había matado a su hermano pequeño y se había convertido en la mujer que había sido su mejor amiga.

–Gracias...

–Perteneció a mi padre, ¿sabes? Olly le tenía mucho aprecio... –la voz de Vito se quebró un poco–. En fin, ¿qué te parece si vamos a buscar ese árbol?

Ava tragó saliva para contener la emoción y acompañó a Vito hasta su cuatro por cuatro, al que Harvey se subió en cuanto abrieron las portezuelas. Minutos después, él detuvo el vehículo en la plantación de coníferas que se encontraba en los terrenos de la propiedad y abrió el maletero para sacar una lata de pintura y una brocha con la que marcar el árbol que eligieran.

La gélida brisa azotó las mejillas de Ava, que volvió a tocar la medalla de Olly, la que llevaba puesta la noche del accidente. Sin embargo, se dijo que regodearse en el pasado era lo último que necesitaba en ese momento.

Tras un breve paseo por la plantación, se detuvo delante de un abeto de ramas densas y bien formadas que casi llegaban al suelo.

–Este servirá.

Vito lo marcó con la brocha y la dejó encima del bote de pintura para meterse las manos en los bolsillos. Las tenía heladas.

–Ha sido una decisión rápida...

De repente, Ava sonrió y miró al cielo.

–¡Mira! ¡Está nevando!

Vito se quedó encantado con su expresión de felicidad cuando alzó los brazos y empezó a capturar copos de nieve con el entusiasmo y la falta de inhibiciones de una niña. Pero también le entristeció un poco, porque le recordó que Ava no había tenido una infancia de verdad.

–¿No crees que ha llegado el momento de que vayas a ver a tu familia?

Ava se quedó helada.

–Ya... ya he ido a verlos –declaró con tanta rapidez como nerviosismo–. ¿Volvemos al coche? Tengo frío.

Vito frunció el ceño.

–¿Qué diablos ha pasado?

Ella no tuvo más opción que ser sincera.

–He descubierto que no soy hija de Thomas Fitzgerald. Soy hija ilegítima de un padre desconocido.

–¿Cómo?

Ava intentó huir hacia el coche, pero él le puso una mano en el brazo y la detuvo.

–¿Qué es eso de que no eres hija de Thomas?

Momentos después, cuando ya le había explicado toda la historia, lo miró a los ojos y añadió con tristeza:

–Ya no me extraña que no me visitaran ni una vez cuando estuve en prisión. Nunca formé parte de esa familia.

Vito soltó una maldición en italiano y sacudió la cabeza.

–Es absolutamente inadmisible. Thomas tendría que habértelo dicho hace mucho tiempo. Ha sido muy cruel contigo.

–Olvídalo, Vito. Ya no tiene importancia.

–¿Que no tiene importancia? Ese hombre...

–¡He dicho que lo olvides! –bramó.

Vito guardó silencio y la llevó de vuelta a casa. Habría dado cualquier cosa por poder animarla, pero la conocía lo suficiente como para saber que en ese momento necesitaba que la dejara en paz.

Cuando entraron en el vestíbulo del castillo, descubrieron que Eleanor Dobbs los estaba esperando. Y parecía preocupada.

–¿Qué ocurre, Eleanor? –preguntó Vito.

El ama de llaves le dio un periódico. El titular no podía ser más canallesco: *Vito Barbieri, con la asesina de su hermano*. Junto al artículo que lo acompañaba, habían publicado dos fotografías; la primera, de Ava en la época del accidente; la segunda, la que les habían sacado en la salida del centro comercial.

Cuando Ava lo vio, se quedó tan blanca como la nieve que empezaba a cubrir las tierras de Bolderwood.

Capítulo 9

TRAS entrar en la biblioteca, Ava le quitó el periódico a Vito para leer el artículo con detenimiento. Se acercó a la mesa, lo abrió y leyó hasta la última palabra mientras él se mantenía de pie junto al fuego, con expresión severa.

–Esto es horrible –susurró, disgustada.

Él se encogió de hombros.

–Es lo que es. No podemos cambiar la verdad. Y, obviamente, no voy a denunciar a nadie por decir la verdad.

–Pero...

–Fue culpa mía –afirmó–. Tendría que haberte llevado a un lugar más discreto.

–¿Y cómo supieron que estaríamos allí?

–Buena pregunta. Interrogaré a los empleados. Son los únicos que saben que estás en Bolderwood.

Ava pensó que Vito tenía razón. En efecto, el periodista se había limitado a decir la verdad, pero era una verdad extraordinariamente dolorosa para ella. Los tres años de cárcel no habían servido ni para limpiar su buen nombre ni para que se sintiera menos culpable de la muerte de su mejor amigo.

Sintió un frío interior y se dijo que la cárcel no

había sido su castigo real, el verdadero consistía en no poder olvidar lo que había hecho.

–Voy a hablar con los empleados.

–Espera... –rogó.

–¿Por qué?

–Porque tus empleados no son los únicos que saben que estoy aquí.

Él la miró con extrañeza.

–¿Quién más lo sabe?

–Katrina Orpington. Me vio cuando fui a visitar la tumba de Olly.

–¿Katrina? ¿La hijastra del sacerdote?

–Bueno, dijo que se llamaba así... yo no la conozco, aunque me sonaba de haberla visto en alguna parte. Es una mujer rubia, con aspecto de modelo. Dijo que yo era una asesina y que mi presencia en el cementerio era una ofensa para los Barbieri.

Los ojos de Vito brillaron con rabia.

–¿Y no me lo dijiste? Dios mío... ¿por qué no confías en mí para variar?

–No me lo callé por desconfianza, sino porque no me pareció importante.

–Pues lo ha sido.

En el silencio posterior, Ava volvió a leer el periódico.

La afirmación de Vito era correcta. El artículo no contenía datos falsos, explicaba los hechos sin adjetivaciones de ninguna clase y permitía que el lector se formara su propio juicio sobre la relación de Vito con la asesina de su hermano pequeño. Una relación íntima, porque la fotografía no dejaba lugar a dudas: parecían dos enamorados.

Se sintió avergonzada. Vito había sido muy bueno con ella, y no merecía un escándalo público. Incluso pensó que había cometido un error al volver a Bolderwood, a fin de cuentas, era el lugar del crimen en sentido literal.

Ahora, solo podía hacer una cosa: marcharse. Estaba convencida de que las habladurías terminarían de inmediato si se alejaba de él.

Salió de la biblioteca, subió a su dormitorio y empezó a hacer el equipaje, con la ropa que llevaba cuando llegó al castillo y la lencería que Vito le había regalado. Mientras la guardaba, se preguntó si alguien tendría la amabilidad de llevarla a la estación de ferrocarril, pero, desgraciadamente, no tenía dinero.

La puerta se abrió de repente. Vito vio que estaba haciendo el equipaje y le lanzó una mirada que habría aterrorizado a una mujer más débil.

–*Madre di Dio!* ¿Qué diablos estás haciendo?

–No debería haber venido al castillo. Sabía que tendríamos problemas...

–¡Basta ya, Ava! Esa mentalidad fatalista no te llevará a ninguna parte.

–Puede que tengas razón, pero no puedes luchar contra la opinión de la gente y quejarte después, cuando inevitablemente te conviertes en objetivo de sus críticas.

–Por supuesto que se puede. Salvo que seas una cobarde.

Ava alzó la barbilla, orgullosa.

–Yo no soy cobarde.

–¿Ah, no? Huyes de aquí como una rata que abandona el barco –declaró sin piedad–. ¿Qué es eso sino cobardía?

–¡Yo no soy cobarde! –repitió, indignada.

–Demuéstralo. Quédate.

Ava suspiró.

–No es tan sencillo. No quiero que tengas problemas por mi culpa.

Vito echó los hombros hacia atrás y dijo:

–Esos problemas no me preocupan. De hecho, me encantan.

Ava contempló sus ojos llenos de energía y pensó que se había enamorado de aquel hombre arrogante y obstinado, capaz de enfrentarse a cualquiera con tal de defender su derecho a ser quien era y a vivir su vida.

–Mira, Vito... casi he terminado mi trabajo. Quedan unas cuantas cosas, pero puedo dejar instrucciones y direcciones de contacto para que...

Él la interrumpió.

–¡La fiesta no me importa! Sabes perfectamente que no me gustan las Navidades.

Ava hizo caso omiso.

–¿Harvey se puede quedar?

El perro, que estaba tumbado en la alfombra, se levantó al oír su nombre y se frotó contra las piernas de Vito.

–¿Que si se puede quedar? Bolderwood le ha gustado tanto que tendrías que atarlo para sacarlo de aquí.

Ava asintió.

–Muy bien. Entonces, me voy.

–Tú no vas a ninguna parte.

–Sé razonable. No puedo quedarme después de lo que ha pasado. Cuando la gente lea esa noticia...

–Olvídalo de una vez.

–¿Cómo lo voy a olvidar? Nos harán la vida imposible.

–Deja de preocuparte por lo que piensen los demás o, por lo menos, deja de preocuparte por mí –le rogó–. Me da igual.

–¡Pero a mí, no!

–Por Dios, Ava...

–Además, no es para tanto. De todas formas, me iba a ir dentro de unos días –le recordó–. Nuestro acuerdo era de dos semanas.

Vito entrecerró los ojos.

–¿Quién ha dicho eso?

–¡Lo digo yo! –exclamó, desafiante–. ¿Es que me tomas por tonta? ¿Crees que no me he dado cuenta de que nuestra relación está ligada a tu fiesta de Navidad? Siempre he sabido que le pondrías fin después.

–¿De dónde has sacado eso? Yo nunca he dicho que...

Ava lo miró con incredulidad.

–Maldita sea, Vito, ¿por qué no eres sincero de una vez?

Vito arqueó una ceja y le dedicó una mirada cargada de ironía.

–Soy completamente sincero contigo, pero tú te niegas a creerlo porque no te atreves a confiar en mí –afirmó.

Ava empezó a sentirse frustrada por su incapacidad para enfrentarse a los argumentos de Vito.

Había encontrado una solución que le parecía lógica y segura y él se negaba a tomarla en consideración.

Estaba tan enfadada que perdió el control y le empezó a dar golpes en el pecho.

–¿Es que no lo comprendes? ¡Lo nuestro ha terminado!

–Te equivocas.

Vito cerró sus fuertes manos alrededor de la cintura de Ava. Después, la alzó en vilo y la tumbó en la cama.

–¿Qué estás haciendo? –bramó ella.

Ava intentó escapar, pero él la alcanzó y la sometió con una facilidad humillante.

–Lo que me has obligado a hacer –respondió–. Lamento que la realidad se empeñe en destrozar tus limpios y ordenados planes, pero nuestra relación está muy lejos de haber terminado. Todavía te deseo.

Ava clavó la mirada en sus ojos, que brillaban como los de un depredador a punto de devorar a su presa.

–No sigas, Vito...

Vito sonrió.

–Por supuesto que voy a seguir.

Su voz sonó tan ronca y sensual que Ava se estremeció sin poder evitarlo.

–Sabes que tengo razón, Vito.

–Tú siempre crees que tienes razón –se burló–. Pero esta vez te equivocas por completo. Te deseo.

Ava se ruborizó, mortificada por su propia excitación.

–¡Pero si hicimos el amor hace dos horas!

—Y aún tengo hambre de ti, *bella mia*... ¿No crees que eso desmonta tu teoría de que nuestra relación ha terminado?

—Yo...

—No dejaré que te marches.

—¡Nunca me dejas hacer nada! —protestó, furiosa—. Te conozco lo suficiente como para saber que no me dejarás ir hasta que tú tomes esa decisión. Tú, Vito, siempre tú. Pero no se trata solo de ti.

Él le acarició el cabello.

—Eres muy obstinada, Ava, pero enciendes mi deseo...

Ava apartó la cabeza, desafiante.

—Pues mi deseo se ha apagado. El sentido común lo ha apagado.

Vito la miró con humor.

—¿El sentido común? El sentido común no tiene nada que ver con esto.

Vito la besó en la boca con una pasión tan desenfrenada que acalló automáticamente sus protestas. No podía luchar contra lo que sentía por él. Llevó las manos a su cara y le acarició el cabello mientras inhalaba su aroma especiado que siempre la empujaba a desear más y más, sin límite aparente.

Se preguntó si alguna vez llegaría a estar saciada de aquel hombre, si aquella necesitad terrible desaparecería en algún momento.

—Oh, Ava...

Segundos después, él rompió el contacto el tiempo necesario para respirar y ella aprovechó la ocasión con las últimas fuerzas que le quedaban.

–Me voy, Vito.

Él cerró una mano sobre uno de sus pechos y le acarició suavemente el pezón, que ya se había endurecido.

–¿Quieres que te ate al cabecero de la cama? No se me había ocurrido, pero abre una gama muy interesante de posibilidades.

Ava se estremeció.

–Eres un perverso...

–Oh, vamos, te encanta que sea dominante en la cama.

Ava le puso las manos en los hombros, lo empujó y lo tumbó boca arriba. Vito le dedicó una sonrisa de lobo y soltó una carcajada ronca cuando ella se puso a horcajadas sobre él y se estremeció, violentamente consciente de su erección.

–Bueno, no tengo nada contra las posturas nuevas –continuó él–. Además, soy un ferviente defensor de la igualdad de oportunidades.

Vito llevó una mano a los vaqueros de Ava, se los desabrochó con un movimiento rápido y se los quitó sin delicadeza alguna.

–No, no debemos... –insistió ella, haciendo un último intento por resistirse al deseo–. Estaba haciendo el equipaje...

–Pero ya no vas a ir a ningún sitio.

Vito la alzó lo justo para quitarse los pantalones y los calzoncillos.

–Deberíamos discutirlo como adultos civilizados...

–Hablas demasiado, *cara mia*.

Él le pasó un dedo entre las piernas y, tras comprobar que estaba preparada, se hundió en su cuerpo con un sonido de satisfacción tan primario que aumentó un poco más la excitación de Ava.

Se supo perdida de inmediato. Su cuerpo había tomado el control y su mente ya no podía hacer nada salvo aceptar la maravillosa invasión y moverse una y otra vez, sin descanso, recorriendo el espacio que faltaba para llegar a otro clímax, a un orgasmo que ni siquiera esperaba, porque había pensado que no volverían a hacer el amor.

Un buen rato después, cuando descansaban juntos fundidos en un abrazo, la mente de Ava volvió a atravesar la barrera del placer con dudas que necesitaban respuesta. Quería huir porque tenía miedo de que Vito le hiciera daño. Pero ¿por qué tenía ese miedo?

Solo había un motivo posible: que le quería con toda su alma; que estaba profunda, total y absolutamente enamorada de Vito Barbieri, tan enamorada como ninguna persona pudiera estar. Y había llegado la hora de afrontar sus sentimientos.

–Antes hablabas demasiado y ahora estás pensando demasiado, *cara mia* –observó él en voz baja–. No le des tantas vueltas. Las cosas no son tan complicadas. Estamos bien... No lo estropees.

Ella se apartó y dijo:

–Necesito ducharme.

Vito gimió.

–Eres tan obstinada...

–Pero mi obstinación te excita, ¿verdad?

Mientras ella se alejaba hacia el servicio, meneando las caderas, él miró su tatuaje y pensó que era cierto. Le excitaba. Todos los días, todo el tiempo, en cualquier circunstancia. Ava le había enseñado a disfrutar de la vida, a dejarse llevar por fantasías sexuales en mitad de una reunión y a olvidarse del trabajo los fines de semana.

De vez en cuando, su parte más racional le decía que debía poner tierra de por medio y volver a su normalidad anterior. Pero prefería su normalidad actual, incluso en los momentos en que Ava se mostraba particularmente insolente.

El sonido del teléfono lo sacó de sus pensamientos. Vito se sentó en la cama, lo alcanzó y contestó.

Al cabo de un par de minutos, Ava se estaba frotando la piel bajo el agua caliente cuando él abrió la puerta y la miró.

–¿Es que no me puedes dejar en paz?

–Me encantaría dejarte en paz, pero Eleanor me acaba de llamar por el teléfono interior del castillo. Dice que tus hermanas están aquí.

–¿Mis hermanas? –preguntó, atónita.

–En efecto. Las ha llevado al salón principal.

–No me lo puedo creer... ¿Qué estarán haciendo aquí?

Él se encogió de hombros.

–Habrán leído el artículo del periódico. O puede que Thomas les haya contado la conversación que mantuvisteis. En cualquier caso, será mejor que te pongas elegante... No querrás que te tomen por una pobretona, ¿verdad?

Ella sonrió con malicia.

–O que te tomen a ti por un tonto por estar con una pobretona.

Vito soltó una carcajada.

–Yo estaría contigo en cualquier caso, Ava. Me da igual tu dinero y la ropa que lleves.

–Pero seguro que me prefieres sin ropa.

Ava salió de la ducha y empezó a buscar en el armario.

Gina y Bella eran dos mujeres de poco más de treinta años que siempre iban impecablemente vestidas. Vito había acertado al recomendarle que se pusiera elegante. Ava no quería que sintieran lástima de ella, sobre todo porque les había escrito muchas cartas a lo largo de los años y no se habían dignado a responder.

De hecho, no se le ocurría ningún motivo que explicara su presencia en el castillo de Bolderwood, a no ser que tuvieran intención de pedirle que se fuera de allí con el argumento de que su presencia les resultaba embarazosa. Al fin y al cabo, Gina y Bella eran dos personas muy conservadoras.

Al final, eligió un vestido gris con un jersey de color lavanda pálido; después, se puso unos zapatos de tacón alto, se recogió el pelo en un moño y bajó al salón.

Los nervios se la estaban comiendo viva cuando abrió la puerta. Vito no estaba presente.

Las dos mujeres se levantaron al verla. Ava las observó con detenimiento y se preguntó cómo era posible que no se hubiera dado cuenta de que eran hijas de padres diferentes. No se parecían en nada. Gina y Bella eran pequeñas, rubias y algo regordetas.

–Espero que no te importe que hayamos venido –dijo Gina con cierta incomodidad.

–En absoluto. Pero poneos cómodas, por favor...

Gina y Bella se volvieron a sentar. Ava se acomodó en un sillón, frente a ellas.

–Hemos visto la fotografía del periódico –continuó Gina–. Papá no sabía que te alojabas en el castillo cuando fuiste a verlo.

–No lo sabía porque no se molestó en preguntarlo. Supongo que le importaba muy poco –declaró con ironía–. Solo estuve cinco minutos en vuestra casa. Y cuando terminó su discurso, no había mucho más que decir.

–En eso te equivocas. Hay mucho más que decir –intervino Bella, muy tensa–. Papá es muy dueño de tener los sentimientos que quiera, pero tu eres nuestra hermana a pesar de lo que pasó y de lo que hiciera mamá.

–Hermanastra, querrás decir –puntualizó Ava–. Aunque, de todas formas, nunca nos llevamos muy bien.

–Sí, bueno, es posible que hayamos crecido en una familia algo problemática –declaró Gina–, pero Bella y yo no estamos de acuerdo con el comportamiento de papá. Nos ha complicado las cosas a las tres. Nos exigió que te expulsáramos de nuestras vidas. Prefiere actuar como si tú no existieras.

–Y le seguimos la corriente durante demasiado tiempo –añadió Bella.

–Le seguimos la corriente y, a decir verdad, lo utilizamos como excusa para no ir a verte cuando estabas en la cárcel –admitió Gina–. Sinceramente, yo no quería ir a prisión y someterme a un cacheo como si fuera una ladrona o algo así.

–Una vez, llegamos hasta la puerta.

–Es verdad. Pero todo era tan sórdido e intimidaba tanto...

Ava asintió.

–Lo comprendo.

Eleanor Dobbs entró en ese momento con una bandeja de café y pastas. Su presencia, aunque breve, contribuyó a disminuir la tensión.

Cuando ya se había marchado, Gina dijo:

–Mamá te escribió una carta poco antes de morir.

Ava estuvo a punto de derramar el café.

–¿Una carta?

Bella asintió.

–Por eso hemos venido. Para dártela.

–¿Y por qué no me la enviasteis en su día, por correo? –preguntó Ava, enfadada–. Ni siquiera tuvisteis la decencia de avisarme cuando se estaba muriendo. Ni siquiera sabía que estaba enferma.

–Es que fue muy rápido... –se disculpó Gina–. Además, papá no quería que te informáramos y mamá dijo que no quería que la vieras así.

Ava no dijo nada. Se había enterado de su muerte cuando estaba en la cárcel, y habían sido unos momentos realmente difíciles para ella. Ahora tenía que asumir el agravante de que su madre se había negado a verla por última vez.

–Ya no importa. Pero volviendo a la carta...

–No te la enviamos por correo porque sabemos que los funcionarios de prisiones abren las cartas de los presos, y no nos pareció bien –explicó Bella–. Pero te la traemos ahora... aunque sé que no es lo mismo.

–Al final, mamá había empezado a perder la cabeza –comentó Gina–. Más que una carta, es una nota. Y no tiene mucho sentido.

Gina abrió el bolso, sacó un sobre y lo dejó en la mesita.

–Veo que la habéis leído.

–Se la tuve que escribir yo, Ava –dijo Bella, incómoda–. Estaba tan débil que no podía sostener un bolígrafo.

Ava asintió y alcanzó el sobre con dedos temblorosos. No estaba muy convencida con las excusas de sus hermanastras, pero prefirió guardar silencio.

–La queríamos mucho –dijo Gina–. Aunque debes admitir que no era una madre normal...

Ava le lanzó una mirada tan fría que Bella decidió intervenir.

–Bueno, olvidemos eso por el momento –declaró–. ¿Puedo hacerte una pregunta? ¿Qué estás haciendo en el castillo de Bolderwood?

–Vito me ofreció que organizara la fiesta de Navidad y yo acepté –respondió–. Luego, las cosas se complicaron.

–¿Las cosas? –preguntó Gina con delicadeza–. Si no recuerdo mal, estuviste muy enamorada de él...

–Lo estuve. Pero lo superé.

–Oh, vamos, Ava... vuestra historia es la comidilla de medio condado. Cuéntanoslo, por favor –le rogó Bella–. Nos vas a matar de curiosidad...

–Está bien, os lo diré. Vito no es ni mi prometido ni mi novio ni mi compañero. No mantenemos una relación seria. Solo somos amantes.

Ava estaba tan concentrada en el intento de escandalizar a sus dos hermanastras que no se dio cuenta de que Vito acababa de llegar. Y cuando oyó sus palabras, cargadas de humor y de ironía, se sintió muy incómoda.

–Eso es cierto, querida. A decir verdad, nuestra relación se circunscribe casi literalmente al dormitorio.

Durante los minutos siguientes, Ava tuvo que soportar las miradas de admiración y las risitas coquetas que Gina y Bella dedicaron a Vito. Era obvio que se habían quedado impresionadas con su atractivo y su carisma.

Durante la conversación, Vito las invitó a la fiesta de Navidad y se interesó por sus niños. Gracias a eso, Ava supo que Bella había dado a luz por tercera vez el año anterior, y también supo que el hijo de Gina ya tenía diez años y que ella se estaba labrando un futuro como fotógrafa de prensa.

Pero su incomodidad llegó a límites intolerables cuando, no contento con invitarlas a la fiesta, Vito sumó otra invitación para la comida de amigos que siempre se había celebrado ese mismo día, por la tarde.

A pesar de ello, Ava logró mantener el aplomo hasta que sus hermanastras se despidieron y se marcharon. Solo entonces, bramó:

–¿Por qué las has invitado a la comida?

–Porque me ha parecido lo más educado y porque he supuesto que te ayudaría a retomar tu relación con ellas.

Ava sacudió la cabeza.

–No sé si quiero –le confesó.

–¿Que no lo sabes? –Vito entrecerró los ojos–. ¿Qué ocurre, Ava?

Ella le enseñó la carta y le contó la historia.

–¿Y todavía no la has leído?

–Tengo miedo de leerla.

–¿Por qué?

La expresión de Ava se volvió sombría.

–Bella no lo ha dicho, pero ha insinuado que será decepcionante. Y, si lo es, tendré que vivir con su recuerdo para siempre.

–Si quieres que la lea yo...

–No, gracias. Te lo agradezco mucho, pero es mi responsabilidad.

Ava abrió el sobre y sacó la carta que su madre había dictado a Bella. Decía así:

Lo siento mucho, Ava, mucho más de lo que jamás podrás imaginar. He destrozado mi vida y me temo que también he destrozado la tuya. Siento no haber tenido el valor para ir a visitarte a la cárcel ni al hospital, aunque no sé si las autoridades me lo habrían permitido. Pero no podía verte, ¿sabes? El daño ya estaba hecho, y era demasiado tarde para arreglarlo.

Además, yo quería salvar mi matrimonio, siempre fue mi prioridad, siempre fue lo más importante para mí. Y después de lo que hice... Te quiero con toda mi alma, Ava, pero incluso ahora me da miedo decirte la verdad. Me asusta porque sé que me odiarías.

A Ava se le llenaron los ojos de lágrimas. Se sentía algo decepcionada por el contenido de la carta, que le dio a Vito, pero, sobre todo, estaba triste y confundida.

–No sé qué pensar... Bella me ha dicho que mamá estaba muy confundida por aquel entonces, y tan débil que le tuvo que escribir la carta.

Vito leyó la carta y la guardó en el sobre.

–¿Qué te parece? –continuó Ava.

–Que tu madre se sentía muy culpable por haberte tratado mal.

–Pero sus últimas frases no tienen ni pies ni cabeza... –dijo con amargura–. ¿Después de lo que hizo? ¿A qué se refería? ¿A que se había acostado con otro hombre y se había quedado embarazada de mí? ¿De verdad pensó que yo la iba a odiar si me contaba que no era hija de Thomas? Es absurdo...

Él se encogió de hombros.

–No lo sé, Ava, pero no se me ocurre otra explicación.

Justo entonces, el teléfono de Vito empezó a sonar.

–Discúlpame un momento. Vuelvo enseguida.

Vito salió y Ava pensó que su comportamiento había mejorado mucho durante los días anteriores. Había pasado de responder llamadas en mitad de una conversación, como si ella no estuviera presente, a tratar las llamadas como las interrupciones que eran y a disculparse cuando no tenía más remedio que contestar.

Se levantó, se acercó a la ventana y admiró el campo, cubierto de nieve hasta donde alcanzaba la vista.

Vito volvió un minuto después.

–Tengo que irme, Ava –dijo en voz baja.

–Entonces, saldré a dar un largo paseo con Harvey.

Ava lo dijo con seguridad, en un intento de reafirmar su independencia y de insinuar que no necesitaba a Vito Barbieri. Obviamente, era mentira, pero al menos le sirvió para salvar su orgullo.

Capítulo 10

EL GRAN salón estaba lleno de cajas con guirnaldas y objetos decorativos. Ava se había subido a una escalera de mano para decorar el abeto, y empezaba a perder la paciencia porque sus planes iban con retraso. El transporte y la instalación del gigantesco árbol le había hecho perder casi todo el día y, cuando por fin logró que lo pusieran en el sitio adecuado, perdió dos horas más en el ático, buscando las luces.

Su boca tenía una expresión triste. Tras la trágica muerte de Olly y la suspensión de la tradicional fiesta de Navidad, los empleados de Bolderwood habían descuidado los adornos y muchos se habían perdido o estaban rotos. Además, no podía olvidar que la última vez que había estado allí, adornando el árbol, Olly se encontraba a su lado.

Su difunto amigo siempre había sido un perfeccionista, discutía con ella por la posición de cada guirnalda, y ajustaba las ramas y daba mil vueltas a todo hasta que quedaba absolutamente perfecto.

A Olly le gustaba la Navidad tanto como a su hermano le disgustaba. Pero Ava pensó que Vito tenía buenos motivos para desentenderse de la Navidad. Su madre los había abandonado a él y a su padre en esas fechas, cuando era poco más que un niño. De hecho, no las volvió a celebrar hasta muchos años después, cuando Olly se fue a vivir al castillo y se empeñó en recuperar la tradición.

Al pensar en los sentimientos de Vito, Ava se acordó de lo sucedido durante la noche. Él llegó tarde, se tumbó en la cama y se quedó en silencio. Por primera vez desde que dormían juntos, no la tocó ni hizo ademán de tocarla. Y se sintió tan ridículamente rechazada que su confianza en su capacidad para seducirlo se hundió.

Atónita, se empezó a preguntar si Vito se estaría cansando de ella. El artículo del periódico, la carta de su madre y la inesperada reunión con sus hermanastras habían roto la placidez de los días anteriores. Quizás había pensado que era una mujer demasiado problemática y que no merecía la pena. Incluso cabía la posibilidad de que hubiera cambiado de opinión y quisiera perderla de vista cuanto antes.

De repente, su teléfono móvil empezó a sonar.

–¿Sí?

–Hola, Ava, soy Vito. No podré volver hasta dentro de un par de días, así que me quedaré en mi piso de Londres.

–Ah...

–Por cierto, te he organizado una reunión para pasado mañana –le informó–. ¿Estarás en casa?

–¿Una reunión? ¿Con quién?

Ava intentó hablar con naturalidad, para que Vito no se diera cuenta de que se sentía decepcionada. Pensó que habría conocido a una mujer que le gustaba más, o que se había cansado de tantas noches de amor y había decidido volver a concentrarse en los negocios. No en vano, era un obseso del trabajo.

—Con un par de personas a las que quiero que conozcas.

Ella frunció el ceño.

—¿Tengo que ponerme especialmente elegante?

—No, no hace falta. Ponte lo que quieras.

Ava sentía tanta curiosidad que estuvo a punto de insistir para que le diera más explicaciones, pero se mordió la lengua. Vito sonaba cansado y algo tenso, y no quiso mostrarse demasiado insistente con él.

Cuando terminaron de hablar, se guardó el teléfono y siguió decorando el árbol entre pensamientos sombríos. Pensó que su relación era puramente sexual, que estaba con un hombre que no se comprometía con nadie y que, además, ni siquiera tenía derecho a sentirse decepcionada en ese sentido: él había sido sincero desde el principio, no buscaba una relación seria.

Solo había un detalle que le daba esperanzas. Vito era un hombre de treinta y un años que había mantenido relaciones amorosas con muchas mujeres, pero ella era la primera a la que invitaba a quedarse en el castillo de Bolderwood. Desgraciadamente, era una esperanza débil. Tal vez la había invitado porque no tenía otro sitio donde quedarse y porque era lo más conveniente para la organización de la fiesta.

Al cabo de un rato, bajó de la escalera y se dedicó a comprobar las distintas habitaciones. Todo estaba preparado para la ocasión. Tenían una sala específicamente dedicada a los niños y otra para los adolescentes, con luces de discoteca y su propio equipo de música. También se había instalado el bar del salón de baile y las mesas y sillas del comedor. Solo faltaban las flores, pero Ava sabía que llegarían pronto.

Aquella noche le costó dormir. Se sentía tan sola que permitió que Harvey entrara en la habitación y se tumbara a los pies de la cama, pero la presencia del perro no surtió el efecto deseado.

Extrañaba a Vito. Ya no podía negar que se había enamorado de él. Y como estaba segura de que sus sentimientos no serían recíprocos, se dijo que no le quedaba más opción que marcharse de Bolderwood.

Cuando terminara la fiesta, recogería sus cosas y se iría de allí sin hacer ruido, con los restos de su dignidad.

Por fin, llegó la mañana del regreso de Vito, pero Ava estaba tan cansada tras dos noches de sueño escaso que se quedó dormida y tuvo que ducharse, vestirse y desayunar a toda velocidad. Ya había terminado cuando oyó que el helicóptero tomaba tierra. Entonces, se acercó a la entrada del castillo y esperó, con Harvey a sus pies.

Vito entró en compañía de tres hombres, y Ava, que ardía en deseos de arrojarse a sus brazos, tuvo que hacer un esfuerzo para contenerse.

—¿Señorita Fitzgerald?

Un hombre bajo, cuya cara le resultaba familiar, se adelantó y le estrechó la mano con una sonrisa.

–Ha pasado mucho tiempo... –continuó.

Ava tardó un momento en reconocerlo. Era Roger Barlow, el abogado que la había defendido en el juicio.

–Seguro que a la señorita se le habrá hecho más largo que a ti, Roger –dijo un hombre rubio que se apresuró a presentarse–. Soy David Lloyd, del bufete de abogados Lloyd and Lloyd Associates, de Londres.

–Encantada...

–Y este es Gregory James –dijo Vito, refiriéndose al tercer hombre, calvo y barbudo–. Gregory y su empresa se encargaron de mejorar el sistema de seguridad de Bolderwood cuando hace cinco años entraron a robar.

Ava asintió, pero no entendía el motivo de su visita y miró a Vito con perplejidad. Parecía muy cansado. No habían transcurrido ni cuarenta y ocho horas desde su último encuentro, pero cualquiera habría dicho que había sufrido un verdadero infierno desde entonces.

–¿Qué os parece si vamos a la biblioteca? Así nos podremos sentar y charlar tranquilamente –declaró Vito–. Le he pedido a Greg que nos acompañara porque quería que te conociera en persona, Ava. Él te lo explicará todo.

Cuando llegaron a la biblioteca y se sentaron, Gregory James miró a Ava con curiosidad y declaró:

–Vi el artículo y las fotografías del periódico. Me

quedé muy sorprendido, porque no sabía lo que había pasado. Aquella noche estuve en la fiesta, pero me marché antes de medianoche para ir al aeropuerto. Tenía que viajar a Brasil por motivos de negocios.

–Greg no sabía que te habían juzgado y condenado a tres años de cárcel –explicó Vito–. Cuando leyó el artículo, me llamó por teléfono y sugirió que organizara esta reunión.

–No entiendo nada... –dijo ella.

–Usted no conducía aquella noche –declaró Greg–. Yo vi lo que pasó, estaba fuera, pero me pareció una discusión de amigos y no le di importancia. ¿Cómo iba a saber que mi testimonio podía ser fundamental en un juicio? Estuve varios meses fuera del país. Desconocía que la hubieran condenado por la muerte de Olly.

Ava se quedó boquiabierta.

–¿Se puede saber de qué está hablando? Yo conducía aquel coche... ¿Y qué es eso de que discutimos?

David Lloyd se inclinó hacia delante.

–Ava, su defensa en el juicio estuvo viciada por el hecho de que no recordaba nada del accidente. ¿Cómo se podía defender si padecía amnesia?

–Como ya he dicho, me fui de la fiesta poco antes de medianoche –recordó Gregory James–. Pedí un taxi y, mientras estaba esperando, vi que unas personas discutían junto a un coche. Eran tres. Usted, el hermano de Vito y una mujer alta que llevaba un vestido de color rosa.

Ava frunció el ceño.

–¿Tres? ¿Una mujer alta?

–Si no recuerdo mal –intervino Roger–, en el juicio dijiste que lo último que recordabas era haber salido del castillo y caminar hacia el coche de Olly...

–Sí, es cierto.

–Pues la mujer en cuestión os siguió y provocó una discusión entre vosotros –explicó Greg–. Era evidente que había bebido demasiado. Estaba muy enfadada, os dijo un montón de cosas desagradables.

Vito habló por primera vez desde que habían llegado a la biblioteca.

–Siento tener que decírtelo, pero la mujer del vestido rosa era tu madre. Yo también la vi salir del castillo. Di por sentado que habría discutido con tu padre y que se iba a casa, pero, desgraciadamente, no la seguí... si hubiera salido, habría visto que fue ella quien se puso al volante del coche.

–¿Mi madre? –preguntó ella con incredulidad.

–Sí, su madre –respondió Greg con firmeza–. Yo lo vi todo. Arrancó y salió del vado a toda velocidad

Ava sintió náuseas. Miró a los cuatro hombres con expresión de absoluto desconcierto, incapaz de asumir lo que le habían contado.

–Con las pruebas que tenemos ahora, podemos reabrir su caso –le informó David Lloyd–. Vito me llamó ayer para que le diera una opinión al respecto. No le había dicho nada porque no quería que se hiciera ilusiones sin estar seguro antes.

–Eso no es posible... mi madre no podía estar allí. Yo no recuerdo haberla visto –dijo Ava, sacudiendo la cabeza–. Además, había dejado de beber. Y le habían retirado el carné de conducir.

–Pero volvió a beber –dijo Vito–. Ayer me puse en contacto con Thomas Fitzgerald, me confirmó que Gemma había bebido durante la fiesta y me dijo que tuvieron una discusión especialmente agria. Al parecer, tu madre salió del castillo y él la dejó ir porque supuso que volvería a casa en taxi.

–No entiendo... si es verdad que conducía el coche, ¿qué hizo después del accidente? ¿Por qué no estaba allí?

–Es obvio que no le pasó nada –contestó Vito–. Suponemos que tuvo miedo y que te sentó en el asiento del conductor antes de desaparecer. Seguramente se dio cuenta de que Olly había fallecido.

–Aquella noche vieron a una mujer de vestido rosa cerca del lugar del accidente –declaró Roger–. La policía intentó localizarla, pero no la encontraron.

–Eso no tiene ni pies ni cabeza. Olly no habría permitido que condujera borracha... además, le habían retirado el carné –repitió Ava.

Estaba absolutamente horrorizada. Su madre no solo la había abandonado en el coche tras chocar contra aquel árbol, sino que se había aprovechado de su estado de inconsciencia para que pareciera culpable de la muerte de Olly.

–Escúchame, Ava... –dijo Greg–. Yo fui testigo de lo que pasó. Olly y tú intentasteis impedir que condujera, pero afirmó que estaba perfectamente sobria y no os hizo el menor caso. Tú ya habías subido cuando empujó a Olly y se sentó al volante. Él estuvo a punto de quedarse fuera, pero se subió en el último momento.

–Y eso no es todo –comentó David Lloyd–. Roger me informó de que en tu caso había detalles sospechosos que la policía no se molestó en investigar. Por lo visto, se encontraron huellas de una tercera persona en el barro, junto al coche, y la herida que te hiciste en la cabeza no coincidía con el golpe que se habría dado un conductor en esas circunstancias...

–¿Qué significa eso?

–Que la tenías en el lado contrario, como si te hubieras golpeado contra la ventanilla del asiento del copiloto.

–Dime una cosa, Ava –intervino Vito–. ¿Tu madre te fue a ver al hospital?

Ella sacudió la cabeza.

–No. Me dijo que estaba acatarrada –contestó–. Pero la vi después, cuando me dieron el alta y volví a casa durante unos días.

–¿Y cómo se comportó cuando te vio?

–Como si no hubiera pasado nada. De hecho, se enfadó mucho cuando Thomas me atacó por haber matado a Olly y haber arruinado mi vida.

–Pero no se enfadó tanto como para admitir que la conductora era ella.

–Creo que tenemos grandes posibilidades de conseguir que reabran el caso y te declaren inocente –David Lloyd la miró con simpatía–. Si quieres, te representaré yo mismo.

–Y huelga decir que los gastos corren de mi cuenta –añadió Vito.

David, Roger y Greg se levantaron unos minutos después y se despidieron; tenían que volver al helicóptero para que los llevara a Londres. Vito les pidió que lo esperaran y se quedó un momento con Ava.

–No tengo más remedio que pasar por mi despacho, *cara mia*. He dedicado los dos últimos días a este asunto, y el trabajo se me ha acumulado... No te quise decir nada porque quería asegurarme antes.

–Comprendo.

–Pero si necesitas que me quede contigo...

–No, Vito, no es necesario. Ya has hecho más que suficiente –dijo, haciendo un esfuerzo sobrehumano por aparentar tranquilidad.

Vito asintió.

–Está bien, pero, si necesitas algo, lo que sea, llámame por teléfono.

–Lo haré.

Vito le dio un beso y se marchó. Ava esperó hasta que el helicóptero despegó y, a continuación, llamó a Harvey y salió a dar un paseo.

Su vida había cambiado radicalmente en el espacio de unos pocos días. Primero se había enterado de que Thomas Fitzgerald no era su padre de verdad, y ahora descubría que había estado tres años en la cárcel por un delito que no había cometido.

¿Sería cierto? ¿Era posible que Gemma la hubiera traicionado de ese modo? Las pruebas parecían concluyentes y, de paso, explicaban la extraña carta que su madre le había escrito antes de morir. No se sentía culpable porque se hubiera acostado con otro hombre, sino porque había huido del lugar del accidente tras asegurarse de que la responsabilidad de la muerte de Olly recayera sobre su propia hija.

Además, la narración de Gregory James estaba llena de detalles demasiado reales como para que se los hubiera inventado. Su madre era una mujer de personalidad fuerte, que se ponía insoportable cuando bebía. El dulce y razonable Olly no habría sido capaz de enfrentarse a Gemma y sentarse al volante; se habría apartado para evitar a su amiga una escena más embarazosa, y luego se habría subido al coche para no dejarla a merced de una borracha.

Ava sacudió la cabeza y rompió a llorar. Harvey le lamió la mano y la miró con preocupación. Ella se puso de cuclillas y abrazó al perro.

Se sentía impotente, perdida.

Y aún quedaban preguntas por responder. ¿Por qué se había tomado Vito tantas molestias? ¿Lo había hecho por ella? ¿O solo lo había hecho porque, después del artículo del periódico, le convenía limpiar su imagen para no salir mal parado? Ava no olvidaba que Vito nunca había tenido la menor duda sobre su culpabilidad.

Momentos después, sonó el móvil. Era Bella.

—¿Te encuentras bien? —preguntó su hermanastra.

—No, claro que no.

—¿Quieres que vaya a buscarte? No deberías estar sola en estos momentos... —dijo—. ¿Dónde está Vito?

—Ha tenido que volver a Londres.

—En ese caso, espérame ahí. Solo tardaré unos minutos.

Bella la llevó a su casa del pueblo, un lugar acogedor con paredes llenas de fotos de niños y juguetes por todas partes. Stuart, el bebé, dedicó una sonrisa encantadora a su tía.

–Disculpa el desorden. Papá vino anoche y me lo contó todo. Acababa de hablar con Vito... –explicó mientras le preparaba un té–. ¿Quién iba a imaginar que había sido ella? Cuando se fue de la fiesta, pensamos que pediría un taxi para volver a casa.

–Entonces, ¿crees que esa historia es cierta?

Bella asintió y sirvió el té en una taza.

–Sí, lo creo. Siempre nos pareció muy extraño que Olly viajara en el asiento de atrás de su propio coche y que te hubiera dejado conducir. Pero ¿qué podíamos pensar? Imaginamos que te habrías empeñado y que... en fin, lo siento. Lo siento muchísimo, Ava.

–No lo sientas. Ya no tiene remedio. Y como tú misma has dicho, ¿qué podíais pensar? La policía me creyó culpable desde el principio.

–Recuerdo que mamá se portó de forma extraña... Ahora entiendo el motivo. Es lógico que se sintiera culpable. Fue increíblemente cruel al sentarte al volante del coche. Se aprovechó de la inconsciencia de su propia hija y, después, de su amnesia.

Ava se quedó en silencio y alcanzó un peluche de Stuart, que abrazó. Al verla en ese estado, Bella decidió cambiar de conversación para animarla.

–Por cierto, no sé si a Vito le gustó el comentario que hiciste el otro día... –declaró con humor.

–¿Qué comentario?

–Lo de que solo sois amantes.

Ava se ruborizó.

–Ah, eso... No se me ocurrió otra forma de definirlo.

–Yo no lo conocía en persona, pero es obvio que te quiere mucho. Ayer estaba muy enfadado por lo que mamá te había hecho. Quizás se sienta culpable. A decir verdad, todos nos sentimos culpables.

–No quiero su sentimiento de culpabilidad –Ava dejó de hablar para sonarse la nariz–. Volveré a Londres cuando termine la fiesta.

–¿Tienes que irte? Gina y yo teníamos tantas ganas de recuperar el tiempo perdido...

Ava sonrió con tristeza.

–Sí, yo también tengo ganas, pero no puedo quedarme mucho más. La situación se está volviendo embarazosa.

Minutos más tarde, se despidió de su hermanastra y volvió al castillo, donde los últimos detalles de la fiesta la mantuvieron ocupada y la distrajeron de sus sombríos pensamientos. Vito llamó a la hora de cenar y se mostró preocupado por ella, Ava le aseguró que estaba bien y, cuando terminaron de hablar, subió al dormitorio y se acostó con la esperanza de que el sueño calmara su agitada mente.

En algún momento de la noche, tuvo una pesadilla. En ella, salía del castillo en compañía de Olly y se encontraban de repente con Gemma, que les empezaba a gritar porque quería conducir y no le dejaban. Olly intentó convencerla de lo contrario, pero Gemma insistió de un modo tan violento que no lo pudieron impedir. Después, la imagen cambió y Ava vio que se iban a estrellar contra un árbol. Luego, Olly gritó y todo quedó en silencio.

Despertó de golpe, angustiada. Y se llevó una sorpresa al ver que la luz estaba encendida y que Vito se encontraba a su lado, medio desnudo.

–Has tenido una pesadilla...

Ella se llevó las manos a la cabeza.

–No ha sido una pesadilla, Vito. Lo he recordado. He recordado lo que pasó aquella noche. ¿Cómo es posible? ¿Por qué no me acordé antes?

–Porque quizás no querías recordarlo –respondió él–. Puede que tu inconsciente se negara a admitir que tu propia madre te traicionó.

Ava no dijo nada.

–¿Sabes una cosa? –continuó Vito–. Cuando Greg James habló conmigo, me alegré tanto por ti que me puse a trabajar para demostrar tu inocencia. Hablé con David, tu abogado y tu padre para comprobar los hechos, pensando que te hacía un favor. Pero ya no estoy tan seguro. Cuando hablamos contigo esta mañana, me di cuenta de que la noticia te había hecho muchísimo daño.

Ava sacudió la cabeza.

–Has hecho lo que debías, Vito. Mi madre me hizo parecer culpable y permitió que me condenaran y me enviaran a prisión. Ni siquiera se molestó en confesar la verdad más tarde, cuando se estaba muriendo y ya no tenía nada que perder... se mantuvo al margen y se desentendió totalmente de mí.

–No sé, Ava. Deberías olvidarlo. Ese asunto ha dominado tu vida durante mucho tiempo.

Vito se alejó de la cama y ella frunció el ceño.

–¿Qué haces aquí? Pensaba que te ibas a quedar en Londres.

–Me iba a quedar, pero cambié de opinión.

–¿Y adónde vas ahora?

–A mi dormitorio. Te he traído unas cosas, pero las he dejado allí porque estabas dormida y no te quería despertar.

Vito salió de la habitación y volvió segundos más tarde con un gran ramo de rosas, unos bombones y una caja envuelta en papel de regalo.

–¿Es que has ido de compras? –preguntó ella, asombrada.

–Sí, y te confieso que es la primera vez que compro unas flores en persona. Suelo hacer los pedidos por teléfono.

Ava sonrió, halagada.

–Y yo te confieso que es la primera vez que me regalan flores. Gracias, Vito, son verdaderamente bonitas.

–De nada...

Ella alcanzó los bombones y se llevó uno a la boca mientras miraba el tercer regalo con curiosidad.

–¿Y qué es eso?

–Abre la caja y lo verás.

Ava se quedó atónita al ver lo que contenía. Era un adorno para el árbol de Navidad; una bola roja con una fecha escrita.

–¿La fecha significa algo? –preguntó.

–Por supuesto que sí. Es este año, el año en el que has devuelto las Navidades al castillo de Bolderwood –respondió–. Has hecho un gran trabajo, Ava... pero todavía no me has dicho si te gusta.

Ava volvió a sonreír.

–Me encanta. Aunque no me parece justo, la verdad; yo no tengo nada para ti.

Vito se acercó a ella y le dio un beso en la boca.

–Tú eres un regalo más que suficiente, *cara mia*. Y hablando de regalos, creo que deberías bajar al salón.

–¿Al salón?

–Sí. Tienes algo más. Está debajo del árbol.

Ava no hizo ademán de levantarse de la cama, así que Vito añadió:

–Quiero que lo abras ahora.

–¿Ahora? ¡Pero si son las dos de la madrugada!

–Es importante, cariño.

Ava suspiró y se levantó.

–Está bien...

Bajaron por la escalera principal y se dirigieron al gran salón del castillo. Ava se acercó al árbol, cuyas luces estaban encendidas, y se agachó para recoger la caja grande que Vito había dejado allí.

–¿Qué es esto?

–Tu regalo de Navidad. Los otros eran cosas sin importancia.

–¿Mi regalo de Navidad? Si ni siquiera voy a estar aquí en Navidad...

Vito arqueó una ceja.

–¿Cómo que no?

–Pensaba marcharme mañana por la mañana.

–Pues tendrás que cambiar de planes.

Ava abrió la caja grande y descubrió que contenía una más pequeña. Repitió la operación y encontró una caja más pequeña todavía. Y así, hasta que llegó a la última de todas, envuelta en terciopelo. En su interior brilló un diamante enorme que reflejó las luces de colores del árbol de Navidad.

–¿Qué es esto?

Vito se arrodilló ante ella y dijo:

–¿Quieres casarte conmigo?

Ella se quedó sin aliento, absolutamente desconcertada.

–¿Es que te has vuelto loco? ¿Cómo me has comprado algo tan caro?

Vito frunció el ceño.

–¿Te pido que te cases conmigo y tú me criticas por comprarte algo demasiado caro?

Ava parpadeó, emocionada.

–Pero Vito... tú no te quieres casar, tú no quieres una esposa. Siempre has pensado que, si te casaras, tu esposa se divorciaría de ti para quedarse con tu castillo, con tus hijos y con la mitad de tu fortuna –acertó a decir.

–Bueno, es un riesgo que estoy dispuesto a asumir.

Ava lo miró con ojos empañados.

–Es lo más bonito que me han pedido en mi vida. Pero no me puedo casar contigo. Solo me lo pides porque te sientes culpable, porque me condenaron por la muerte de tu hermano y pasé tres años en prisión sin...

–Te equivocas –la interrumpió–. Te compré el anillo el día antes de que Greg me llamara por teléfono y me contara esa historia.

–¿El día antes? Pero si dijiste que no me podías perdonar...

Vito la miró a los ojos con intensidad.

–Y creía que era cierto. Hasta que, un día, me di cuenta de que no podía vivir sin ti –dijo–. Te amo, Ava. Con toda mi alma.

Ava no se lo podía creer.

–¿Que me amas?

–¿Por qué te iba a pedir que te casaras conmigo si no te amara? –preguntó con impaciencia–. Me enamoré de ti en cuanto volviste a mi vida.

–Yo también te amo, Vito –le confesó, absolutamente desconcertada–. Pero pensé que la nuestra era una relación pasajera.

–Pues no lo es, *amata mia*. Y mañana, cuando ejerzas de anfitriona de la fiesta, quiero que lleves el anillo para que todo el mundo sepa que eres la mujer con quien me voy a casar.

Ava bajó la cabeza, miró el anillo y volvió a clavar la vista en los ojos de su amante.

–¿Seguro que me amas? ¿A pesar de que sea tan cabezota?

–Eres lo mejor que me ha pasado –afirmó–. Aunque hay una cosa de ti que me molesta un poco...

–¿Cuál?

–Que no confías en mí. Pasaste tres años en prisión y nunca hablas de ello.

–Porque no es algo de lo que me guste hablar. Pasé momentos muy duros. Al principio, algunas presas se metían conmigo constantemente... y un día, los guardias me detuvieron porque mi compañera de celda traficaba con drogas y creían que yo era su cómplice. Pero, con el tiempo, me adapté y aprendí a mantenerme ocupada.

–¿Y qué hacías?

Ava le contó que había enseñado a leer y a escribir a otras reclusas y que, al final, la llevaron a una prisión de régimen abierto, donde tenía menos restricciones.

–Cuando me concedieron la libertad condicional, decidí empezar una nueva vida. Solo quería olvidar el pasado, ¿sabes? Me sentía tan culpable por la muerte de Olly...

Vito la tomó de la mano.

–Lo sé.

Ava se estremeció.

–Volvamos a la cama. Hace frío.

Él asintió y la tomó en brazos.

–¿Me vas a llevar en brazos hasta la habitación?

–Por supuesto que sí.

–Peso demasiado. Y tendrás que subirme por las escaleras.

–Eso no es nada.

Cuando llegaron al dormitorio, Vito se alegró tanto de dejarla en la cama que Ava sonrió con ironía.

–¿Lo ves? No estás en forma... –se burló.

Vito soltó una carcajada y se empezó a quitar los pantalones.

–Dios mío, cuánto te amo... ¿Sabes que también es la primera vez que me enamoro?

–Oh, vamos, seguro que te enamoraste de alguien durante la adolescencia...

–No. Fui un adolescente bastante frío en ese sentido, supongo que por rechazo a mi padre, que se iba con la primera mujer que pasaba –contestó–. Pero entonces llegaste tú e iluminaste mi vida.

–¿Te das cuenta de que, si te casas conmigo, tendrás que celebrar las Navidades todos los años? –preguntó.

–Bueno, así tendré ocasión de recordar que la Navidad nos unió –contestó él–. Y tendremos recuerdos nuevos, recuerdos sin la menor sombra de tristeza...

Los ojos de Ava brillaron de felicidad.

–Te adoro, Vito. Eres arrogante, impaciente y dominante, pero también generoso, amable y sorprendentemente atento.

–¿Me acabas de dedicar un cumplido? ¿Tú?

Ava le acarició el cabello y sonrió.

–Hasta yo los dedico de vez en cuando.

Aquella noche, hicieron el amor con más pasión que nunca; Ava no recordaba haber sido tan feliz ni haberse sentido tan segura en toda su vida. Había dejado atrás su pasado y afrontaba el futuro sin arrepentimientos ni sentimientos de culpabilidad.

La fiesta del día siguiente fue todo un éxito. Ella se puso el vestido de terciopelo verde y el anillo de compromiso, por el que recibió un sinfín de felicitaciones. En determinado momento, Vito se acercó a ella y le propuso que se casaran en invierno. Ava se negó y dijo que prefería que la boda se celebrara en verano.

–¿En verano? ¿Y si estás embarazada?

–No estoy embarazada –afirmó–. No me digas que me has pedido el matrimonio porque crees que...

–No, por supuesto que no; te lo he pedido porque no puedo vivir sin ti, mi pequeña pícara. Pero te ofrezco una solución de compromiso: casémonos en Semana Santa.

–No, quiero casarme en verano. Así tendremos seis meses por delante y tendremos ocasión de comprobar si podemos vivir juntos.

–¿Es que lo dudas?

Al final, se casaron en Semana Santa y se fueron de luna de miel a Hawái. Por la noche, Vito le confesó que era el hombre más feliz del mundo y que le parecía imposible que nadie pudiera amar como la amaba a ella.

Ava pensó que el sentimiento era recíproco. Y se alegró de que, a veces, estuvieran de acuerdo en algo.

Epílogo

OLIVIA Barbieri nació dos años después, obligando a Ava a retrasar temporalmente su vuelta a la Facultad de Medicina. Tenía los ojos de su madre, el pelo de su padre y el carácter independiente y rebelde de los dos.

Vito descubrió, para su sorpresa, que le encantaba volver a casa y encontrarse con una mujer, una niña y varios perros, porque Harvey había tenido cachorros con Frida, una terrier que habían encontrado abandonada en los terrenos de Bolderwood. Por primera vez, su castillo le parecía un hogar de verdad; y como Ava había hecho las paces con sus hermanastras, siempre estaba lleno de gente.

Tres años después de la boda, Ava volvió a la universidad. Sabía que estudiar y cuidar de Olivia a la vez iba a ser complicado, pero Vito se ofreció a trabajar menos horas para poder dedicarle más tiempo a su hija. Aquel mismo año, un tribunal reabrió el caso del accidente de Olly y la declaró inocente de los cargos que la habían llevado a prisión.

Para celebrar su cuarto aniversario, Vito la llevó de vacaciones a la Toscana, en compañía de su hija y de la niñera. Fueron días de diversión y de descanso, libres de preocupaciones. Y, cuando llegaron a casa, Ava descubrió que se había quedado embarazada por segunda vez.

–Y yo que pensaba que solo tendríamos una niña... –dijo Vito al saberlo.

–Pero te alegras, ¿verdad?

–¿Que si me alegro? ¡Estoy encantado, *cara mia*! Te amo, amo a Olivia y amaré al niño que me vas a dar... –respondió con una gran sonrisa–. Parece que mi vida mejora por momentos.

Vito estaba tan contento que Ava decidió aprovechar la ocasión para plantearle un asunto que había estado retrasando.

–¿Y no crees que otro perro podría mejorar tu vida un poco más? Marge tiene un cachorrito precioso que...

–Me lo pensaré. No abuses de tu suerte –le advirtió.

–Por supuesto que no.

–Y no me mires con tristeza... Sabes que no soporto tu tristeza –dijo Vito con desesperación.

Ava volvió a sonreír.

–Te amo tanto, Vito... Sabía que no te negarías. Pero te prometo que no te arrepentirás de tener otro perro.

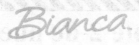

Apta como niñera… ¡pero no como esposa!

Amy Bannester era una niñera sin pelos en la lengua, a la que parecía olvidársele que la servidumbre y el silencio debían ir de la mano, pero al jeque Emir se le ocurrían alternativas mucho más placenteras para sus seductores labios…

A pesar de la arrebatadora pasión que ambos sentían, las leyes de aquel reino del desierto llamado Alzan hacían imposible que Amy se convirtiese en reina. Emir había perdido a su primera esposa poco después del nacimiento de sus dos preciosas hijas gemelas, pero necesitaba un heredero varón para continuar con su linaje, y aquello era lo único que Amy no podía darle…

El jeque atormentado

Carol Marinelli

Acepte 2 de nuestras mejores novelas de amor GRATIS

¡Y reciba un regalo sorpresa!

Oferta especial de tiempo limitado

Rellene el cupón y envíelo a
Harlequin Reader Service®
3010 Walden Ave.
P.O. Box 1867
Buffalo, N.Y. 14240-1867

¡Si! Por favor, envíenme 2 novelas de amor de Harlequin (1 Bianca® y 1 Deseo®) gratis, más el regalo sorpresa. Luego remítanme 4 novelas nuevas todos los meses, las cuales recibiré mucho antes de que aparezcan en librerías, y factúrenme al bajo precio de $3,24 cada una, más $0,25 por envío e impuesto de ventas, si corresponde*. Este es el precio total, y es un ahorro de casi el 20% sobre el precio de portada. !Una oferta excelente! Entiendo que el hecho de aceptar estos libros y el regalo no me obliga en forma alguna a la compra de libros adicionales. Y también que puedo devolver cualquier envío y cancelar en cualquier momento. Aún si decido no comprar ningún otro libro de Harlequin, los 2 libros gratis y el regalo sorpresa son míos para siempre.

416 LBN DU7N

Nombre y apellido	(Por favor, letra de molde)
Dirección	Apartamento No.
Ciudad	Estado	Zona postal

Esta oferta se limita a un pedido por hogar y no está disponible para los subscriptores actuales de Deseo® y Bianca®.
*Los términos y precios quedan sujetos a cambios sin aviso previo.
Impuestos de ventas aplican en N.Y.

SPN-03   ©2003 Harlequin Enterprises Limited

Deseo

Una aventura prohibida
YVONNE LINDSAY

A Nate Hunter le resultó demasiado fácil seducir a la hija de su enemigo. Y después de un fin de semana tórrido, le planteó un ultimátum: Nicole Wilson tendría que trabajar con él. Si no lo hacía, su familia se enteraría de su aventura.

Nicole no tenía muchas alternativas, pero al aceptar las condiciones de su amante, vio en sus ojos una esperanza de redención. ¿Estarían justificadas las razones de Nate? ¿Se atrevería a fiarse de un hombre que pretendía destruir todo lo que amaba?

Una aventura prohibida
YVONNE LINDSAY

La tenía justo donde quería

¡YA EN TU PUNTO DE VENTA!

¿Seguiría con ella o volvería a poner tierra de por medio?

A Paige Danforth no le interesaban las relaciones ni los finales felices. Lo más cerca que estaría del altar sería como dama de honor. Pero al ver un precioso vestido de novia en unas rebajas no pudo resistirse y lo compró sin pensar. Tal vez fuera una señal para volver a salir con un hombre...

El eterno viajero Gabe Hamilton deseaba tener una aventura con su irresistible vecina, sin promesas ni compromisos de ningún tipo. Pero ¿cuál sería su reacción al descubrir un traje de novia en el armario de Paige?

Vestida de novia

Ally Blake